17

All about Love

17

All about Love

擁抱寂寞的
戀人們

KAI ———— 著

17 ———— *All about Love*
The Wonder
of You

Chapter

擁抱寂寞的戀人們

The Wonder of You *by KAI*

所有故事結局都是好的，如果不好，那只是尚未到達真正的結局而已。

——印度諺語

二〇〇八年／小雪

東京・新宿

暖氣將窗面黏上一層白色薄霧，窗外二十二樓的東京夜景瞬間都看不清楚了，只剩下被暈開的光斑和淚痕般的水線，如果你不動手去擦拭，那景致永遠會模糊，除非陽光早點出現蒸散霧氣，這麼想的話就有點像世界上任何一個角落裡的任何一對情侶，此時，窗內的一切正好也漸漸不清楚了，兩個模糊的身影，你看到的正是那麼一對情侶，而這對情侶的黑夜還在持續中……

「為什麼，你對我所傳達出來的訊息一點都不能感同身受，為什麼，兩個人在一起比一個人還要失落的話，我們繼續走下去還有什麼意義，我們到底在堅持什麼，每次，在我最需要你的時候，我所得到的只有冷冰冰的回應以及不諒解，我好累，一個人演著獨角戲好累，你知道嗎？」在飯店房間裡綠蒂朝著坐在床邊靜默的維特咆哮著，淚水徘徊在眼眶邊緣。

「我到底做錯了什麼，妳又諒解過我什麼呢？」維特回嘴。

「算了，你總是不懂，我什麼都不想說了。隨你便！」綠蒂轉頭往房間門口走去。

「不要再鬧了好不好，妳應該收收妳的壞脾氣。」維特嘆了口氣又惹得綠蒂滿腔怒火。

「我們算了吧，已經沒有任何意義了，再糾纏下去大家只會更累而已。」

「每次說算了吧都是妳，其實妳根本就沒有認真去想想誰才是主要問題點，什麼都要合妳的意，人生哪裡有這麼容易的，我不懂什麼叫作談感情，妳就什麼都很懂，什麼事情妳都認為我應該怎麼做，那到底還有什麼是我自己可以決定的？」

綠蒂在門口轉過身來。「我從來就沒有限制你什麼，我只是想要你了解我，我要的就是那麼簡單而已。你知道我默默的為你做多少事情嗎？你知道我替你擋掉多少麻煩嗎？你什麼都無所謂，也不懂得什麼是拒絕，你知道我在多少個夜晚裡偷偷的哭嗎？你什麼都不知道。」

「妳不說我怎麼會知道呢，每個人都有每個人的生活圈，妳這樣也太霸道了吧，不教而殺為之虐，妳的想法實在是太自私了。」

「你是最沒有資格說我自私的人！」綠蒂挾著哽咽的聲音大喊。

砰的一聲！門被用力甩上，旅行箱上掛著的白色海豚吊飾因為震動而哀傷的搖晃，秋末初冬的第一道細雪不只下在東京，也下在兩個人的心裡面。

□

有一句印度諺語是這麼說的：『**所有故事結局都是好的，如果不好，那只是尚未到達真正的結局而已。**』

請試著想像一下，你所經歷過的每部電影、每本小說，還有每一段糾葛的人生回憶，已失去的青春和愛人，在你所認為的結局之後偷偷躲藏著還未看見的好結局，就像躲在湖中準備送給你金斧頭的精靈（當然，只要你夠誠實），然後，你繼續想像，在秋天的季節裡，重複聽著 Blur-To the end，你坐在舒服的沙發裡喝著英格蘭啤酒，外頭或許下著你不怎麼喜歡也並不怎麼討厭的雨……嘩啦……嘩啦……接著，你翻開了書，聽著音樂裡唱——

Well you and I Collapsed in love

And it looks like we might have made it,

Yes It looks like we've made it to the end……

人生，一定就像你每天所看到的畫面那樣，如此真實，如此殘酷也如此華麗，我們一直在等待初春的那道曙光，如果，你相信那道曙光一定會來的話。

二〇〇九年／白露

台北・金山

再也平凡不過的北海岸夜晚，平凡的秋天、平凡的東北季風、平凡的細雨紛飛，沒有月亮的天空底下，近海的漁船燈火四處散落著，據說現在是釣小管季的後期，海面上鑲嵌著另一片獨特的星空。綠蒂全身放鬆浮在舊金山總督溫泉的溫熱池水中，由於是平日夜晚而且還沒到泡溫泉的季節，整個露天女湯都給綠蒂一個人享用了，她深呼吸幾口帶有海洋味道的空氣進入她的胸腔裡然後仰望著黑悠悠的天幕，背景音樂傳來是單純鋼琴版的柴可夫斯基——天鵝湖，她閉上眼，腳不自覺的伸直撥弄了幾個拍子，她並不是非常喜歡這首曲子，只是本能性的附和一下，像這樣輕鬆自在的想像比實際教課跳舞時要來得舒服多了，如果教課也能用想像的就好了，她想到今天在拉筋的過程中大哭的小女孩，心裡有些酸楚也想到一些過去回憶，不過這也沒辦法，我就是這樣長大的，前一天痛得大哭，過一天還是繼續來拉筋，想跳舞的人不都是這樣走過來的嗎？另一方面來想，這也很像自己的感情生活吧，綠蒂捫心自問。

過了二十分鐘已經接近十一點，雨水飄過頂樓旁日式復古八角燈時被染亮，那好似東京初冬時粉末般飄渺的雪，東京……她念頭一轉忽然起身赤裸裸的走進室內，水從她身上不停的滴落下來發出乾淨的聲響，檜木桌椅旁有一面落地鏡，綠蒂站在鏡子前注視著自己不斷冒出白煙的身體，這……就是二十七歲的我嗎？綠蒂常常望著自己發楞，並不是因為喜歡自己的身體，而是恰好相反，綠蒂覺得自己長得不好看，胸部不大形狀也不夠美（她經常想如果能再大一點就好了，不過從來也沒想過要隆胸），身材不高也不矮（這她倒沒什麼意見，有意見的都是男人），臉蛋以前有人說過是走氣質風，但也有人說可愛，但她還是不喜歡自己的臉，但如果換成一張比較惹人憐愛的臉蛋她也不想，那並不符合她的個性，但究竟是怎樣才好呢，綠蒂自己也不清楚，只是有種見山不是山、見海不是海的感覺，所以她才常常注視著這個不算太熟悉的臉蛋和身體，她交錯雙腳踮著並且雙手像翅膀一般高舉在鏡子面前做了一個芭蕾 Fifth position，外開的腳掌相互交叉，眼神直視著自己，她覺得這樣做彷彿就能想通一些事情，她極害怕混亂複雜的一切，每當有這種事情介入或是腦袋糾葛在一起時，她總是一邊伸展身體一邊注視著自己，而這個多事之秋讓她更常這麼做。白煙就像靈魂出竅一般不斷從她身體表面冒出，她放軟身子後雙手撫摸著自己的腹部，閉上眼深呼吸了一口氣好像想到了些什麼讓胸口一陣難受，於是，再走出露天女湯泡了十來分鐘，今晚好像不太順利，什麼事也沒能想通，有些事她也不願去想。

「泡得還舒服嗎？」從男湯走出來的 Ben 這麼問。

「都沒人，還不錯。」綠蒂在休息室剛吹乾及背的直長髮顯得有些慵懶，她這時才注意到她的髮質其實還不錯，容易吹乾不容易分岔，摸起來也挺柔軟，綠蒂心想這也許是她唯一喜愛自己身體的部分吧。

「我好像有聽到一首芭蕾的曲子喔。」Ben 優雅地捲著他的白襯衫袖子。

「柴可夫斯基的天鵝湖。」綠蒂回答。

「喔，那我沒聽錯，真希望看到妳跳這首曲子。」Ben擁有低沉磁性的嗓音。

「我還不夠資格呢。」綠蒂淡定地轉身下樓，並不想回應些什麼。

車窗外海岸邊的夜色不停向後閃動，坐在副座的綠蒂一言不發的望著外頭，心情漸漸緊繃起來，Ben也感受到僵硬的氣氛，他一手扶著方向盤一手將東京銘曲堂爵士三重奏的演唱會CD放進播放器，綠蒂轉頭看著他熟練的動作不禁發想——眼前這個接近中年的男人是誰呢？我怎麼一點也感覺不到熟悉，我又為什麼要跟他到這裡來泡溫泉？Ben的淡色鬍碴微動，帶著彷彿早晨會被這樣的鬍碴輕輕扎醒的笑容，音樂飄出了如棉花般的爵士吉他聲，薩克斯風在耳朵深處輕輕撥弄聽覺神經，彷彿是專業的調音師拿著工具調鬆綠蒂緊繃走調的神經。

「Autumn Leaves。這首曲子的名字。」Ben駕駛灰色的RANGE ROVER休旅車進入隧道，一點風切聲也沒有非常穩固。「妳怎麼了嗎？在想些什麼？」

綠蒂搖搖頭。「Autumn Leave……是有著分離意味的秋天嗎？」

Ben鬍碴又成群優雅的微動起來。「喔不，是秋天的落葉，不過妳倒是想到很有趣的地方喔。」

綠蒂沒有說話。

「妳不覺得這旋律彷彿在秋天的公園裡散步一樣，踩著落葉的聲音，趴吱趴吱的，樹林大道、泥土的香味，還有狗兒碎步的聲響——」

「喂，Ben，我問你。」綠蒂突然打斷Ben的話。「為什麼是我？」

「什麼意思？」

「你走進珈琲貴族的時候就注意到我了嗎？相較附近的日本女孩們，我並不起眼啊。」綠蒂問。

「喔……妳說的是那一天啊。」Ben沉默思考了一陣子。

十一月底的東京，綠蒂在新宿的飯店裡跟男友維特大吵一架，脾氣執拗的她顧不得人生地不熟就衝出飯店，夜晚十一點半，細雪紛飛，綠蒂穿著白色排釦毛呢大衣和高跟鞋在新宿街頭晃蕩，心裡不斷的重複為什麼……

「為什麼他都不會替我想一下呢？為什麼他總是不會避嫌？我難道有錯嗎？他總是對別的女孩溫柔，對我就是如此隨便，我穿高跟鞋走了一天，他只會怪我為什麼要穿高跟鞋來才造成腳痛，穿高跟鞋是為了想讓他在朋友面前有面子啊，他難道不知道我很少穿高跟鞋嗎，為了小事情就遭他的白眼，這次出國各項事情都是我打理的，他不了解嗎？而且為什麼每次吵架他都不跑出來追我，這裡是東京不是台北耶，難道他不怕我發生什麼事嗎？為什麼……」

綠蒂腦袋裡盤旋許多吵架的原由，雖然其中有很多都只是男女之間常有的相處磨合問題，但最讓她火大的還是他去其他團員女孩房間裡喝酒聊天的情景，每當看見他充滿電力的微笑也讓其他女孩擁有的時候，綠蒂心中就有種莫名的燒痛，難道，我不該獨佔他的溫柔、他的笑容嗎？我就該分享這一切嗎？她感到全身被看不見的荊棘所綑綁，進退不得，她不禁想起她最愛的作家江國香織寫下的那句話：**擁有，就是最壞的束縛**。難道，真的是這樣嗎？

歌舞伎町附近充斥著許多喝完酒的上班族以及酒女，叫罵聲以及嘻笑打鬧聲不絕於耳，綠蒂因為是舞蹈科班出身，纖細修長的雙腿被路旁不少男性注目著，雖然她已經習慣這樣的注目，但心裡還是有很多恐懼，畢竟這裡不是自己熟悉的地方，有幾個禿頭中年男子醉醺醺的向綠蒂搭訕，綠蒂用她那英氣逼人的雙眼警告他們「別惹我」，她心想這樣下去也不是辦法，但這時候返回又顯得太早了，綠蒂覺得很沒面子，同時也因為這種倔強脾氣常讓自己身陷危機之中而懊惱，綠蒂經過紀伊國屋書店看見對面一家叫作珈琲貴族的店就匆忙過馬路躲了進去，幸好綠蒂選對地方，甫走進這家店她就感到好像有股力量將她慢慢拖出流沙，一瞬間輕鬆好多，店內使用復古的紅磚以及原木色的桌椅、窗台構築起來，還有許多精緻的咖啡器具，鍍上金邊的虹吸式咖啡燒瓶和牆邊燭台燈，大理石吧台旁整排牛皮椅被鵝黃色燈光平均灑落出老式情懷，綠蒂深呼吸一口氣就飄來奶香以及咖啡香，其中還混合著檜木的香味。木門關上後，這裡簡直跟外面五光十色的街頭是不同世界。綠蒂日文不好，但基本的點單溝通還過得去，她向吧台女孩點了杯拿鐵就選擇靠窗角落的位置坐下來，店內淡淡的飄著爵士樂，女歌手的嗓音非常獨特，渾厚沙啞又帶有柔軟，但綠蒂不曉得是誰，不過那也不重要了，綠蒂輕啜了一口香氣濃郁的拿鐵然後托腮望著窗外嘆口氣，又來了，為什麼我經常得面對寂寞呢？**就是因為不怕獨處，習慣寂寞才會得到更多寂寞**，是吧？綠蒂常常這麼想，相較自己的個性，男友的個性就吃香得多，長得可愛又能言善道，身旁總是圍繞許多女孩，有時候對他是因吃醋生氣還是因嫉妒而生氣都有點搞不太清楚了，綠蒂又想起他迷人純真的笑容，喉頭再次哽咽。就在此時，身著簡單西裝的 Ben 拿著威士忌杯和公事包出現，他講了幾句日文問綠蒂對面空位是否可讓他坐，綠蒂左顧右盼一會兒，整間店很空還有很多座位，而且也有幾個氣質出眾的落單女人，怎麼偏偏就找我？綠蒂心裡覺得很麻煩，但因為一來日文不好不曉得怎麼拒絕，二來 Ben 給人的感覺是穩重的中年男子，在店裡頭諒他也不敢幹嘛，所以就點點頭讓 Ben 坐了下來。

後來知道 Ben 是台灣人後，綠蒂和他聊起天來也就比較放心，不過也並不是什麼都聊，綠蒂心中自有一把尺，跟陌生人能聊天的尺度自然嚴謹許多，談話過程中綠蒂能感覺到 Ben 是個有禮貌且溫和的人，話題也不像一些年輕氣盛的無聊男人帶有性的企圖。Ben 緩緩道著他的生平，今年剛滿三十七歲，是日商電子產品事業部的協理，經常到東京出差，以前年輕時在日本工作過兩年，有一個七歲的女兒叫莎莎，三年前跟老婆離了婚後一人撫養女兒，出差的時候女兒就託給保母照顧，喜愛爵士樂和健身，以前還衝浪但現在步入中年卻變得膽小只爬爬山，尚未結婚前經常一人旅行，這話題相當吸引綠蒂，綠蒂十七歲時就一個人繞了台灣南半島，夢想三十歲前去兜歐洲一圈，Ben 則是之前一人徒步走完整個伊豆半島，夢想是環遊世界，當然，兩個人的夢想在 Ben 結婚後以及綠蒂交男友後就越來越渺小甚至沒想過了。

「快一點了，我想我該回飯店，男友在等我。」綠蒂沒想到一聊下去就過了一個小時，該是結束的時候綠蒂絕不會戀棧，但這點對男友卻是無效的。

「好，但請務必讓我陪妳坐計程車，晚上這附近用走的其實並不安全，尤其妳一個女孩子，當然，也要妳同意才行，我沒有惡意也不勉強。」Ben 是個十分謹慎的人。

「那麻煩你了。」

在飯店樓下他們互相交換台灣的手機號碼，不過綠蒂從來也沒想過會再跟 Ben 見面，她走進飯店時就把紙條丟進垃圾筒裡。回台灣後，Ben 的確有約了兩次，但綠蒂一直藉故推託，Ben 也隨性完全不勉強。第一次見面是剛好兩人都在附近而且綠蒂正巧心情也挺壞的，兩個人就吃了一次午餐。不認真的看Ben會覺得他其實年紀沒那麼大，只是因為業務關係他得穿西裝而顯得有些老氣，其實Ben的皮膚保養得很好，晒得很均勻，因為健身的關係肩膀和手臂感覺很結實，胸膛也有一定的厚度，綠蒂印象最深的還是他臉上乾淨的鬍碴，綠蒂小學時父母離異，弟弟跟了父親，高中畢業時她考上台北的大學，母親乾脆從高雄搬到台北與綠蒂相依為命，Ben讓她想起小時候被爸爸抱在懷裡鬍碴扎臉的感覺，令人有親密感，或許也是因為父親在三年前因病驟逝，造成綠蒂心中不少的遺憾而轉移那股心中的愛到Ben身上。後來他們又再度出去了兩次，都只是吃飯散步聊聊近況，綠蒂心裡不知不覺產生微妙的變化，有時候她會想幫Ben買一套比較潮流帥氣的西裝，想讓他變得年輕一些，還有甚至想去看看他的女兒莎莎，有這樣溫文儒雅的父親，莎莎應該也很可愛乖巧吧，不過這樣想的同時又有很多罪惡感產生，讓她不得不壓抑自己盡量保持冷調，Ben送給綠蒂一張在台北仁愛路附近的高級俱樂部VIP金卡，他知道綠蒂喜愛舞蹈和游泳，俱樂部位在市中心頂樓有一座看得到都心夜景的室內游泳池，還有全木板的舞蹈練習室以及 SPA 按摩中心等等，都可以靠這張金卡隨意進出、費用全免，由於擁有的人很少所以隱密性非常高，綠蒂半信半疑的去使用過幾次後就深深愛上那俱樂部，但同時綠蒂也漸漸擔心 Ben 是否對她有所企圖，欠人家的總是要還，她一直在思考是不是不能再接受他的好意了，但每次 Ben 總是能溫柔的化解她的疑慮讓綠蒂相信他，這次的溫泉行是這半年來第四次見面。

「我想，只是選擇的問題。」經過隧道後雨好像停了，Ben 保持沉穩的態度回答綠蒂的問題。

「選擇？」

「喜歡王家衛嗎？」

「你說那個導演嗎，還好，我沒注意他的電影。」

「《我的藍莓夜》裡有一幕的台詞是這樣的：咖啡店裡的蘋果派和奶油派總是熱門產品常常銷售一空，巧克力蛋糕也是在關店之前所剩無幾，但是往往都會剩下一整盤藍莓派乏人問津，孤伶伶的躺在冷藏櫃裡，妳知道為什麼嗎？」

「是藍莓派出了什麼問題嗎？」

「妳的回答跟女主角一模一樣。」Ben 勾起微笑。「藍莓派一點問題也沒有，這個就只是選擇的問題，妳不能怪藍莓派，就只是剛好沒有人選擇它而已，一切的原因都只是來自於選擇，後來女主角把藍莓派很美味的吃下肚子裡去了。」

「我大概懂你要說的。」綠蒂點點頭。

「另外，也許是對妳有點面熟吧，當時妳心情很不好對吧，我也一樣心情很差想找人聊聊，這是選擇問題，我就是選擇了妳，就算妳問為什麼是妳，我也回答不出來喔，我就是走過去坐了下來，才發現好幸運遇到台灣人，就這樣聊了起來。」

「那……後來呢？回台灣後為什麼要找我、對我這麼好，給我俱樂部的金卡還每次都吃很高級的料理，以你的經濟能力和風度應該可以找到比我好一千萬倍的女生啊，更何況，我已經有一個交往很久的男友了，我不懂為什麼，為什麼要找我。」綠蒂突然有點喪氣的說。

「綠蒂，別心急好嗎？」Ben 淡淡地說。「如果妳要我消失，我會喔，我會毫不考慮的消失，完全讓妳找不到的那種消失，我曾經做過這樣的事，所以我有自信，所以，別心急好嗎？人啊，到了這個年紀是很寂寞的，也許妳還年輕感覺不出來，我現在要的東西就真的很簡單，跟前妻離婚前後的關係差到極點，我對愛情的信仰被打碎了，所以我重心都在女兒和事業身上，但我和寂寞很難相處，所以一種簡單無負擔的陪伴對我來說是可遇不可求的，當然，我是男人，說沒有想過那種企圖是不可能的，但珍惜這種緣分對我來說更為重要，妳說得對，外面女人這麼多，我的確可以找到更好的，但那樣只有空虛罷了，我跟妳很談得來，所以我很珍惜妳，但如果妳跟馬路上一般尋常沒腦的女人也這樣打量我的話，我想我會很失望然後給妳一大筆錢打發妳，妳是這樣的人嗎？」

「我才不是。」綠蒂大聲否認。

「那就好了，我保證我們會保持距離，我只希望妳偶爾陪我聊天吃飯或者散散步，這樣就夠了，我不會打擾妳的生活更不會介入妳的生命中，該離開的時候，我們就會分開了，而且永不見面。」

「最近我很亂……我不確定的事情很多。」

「例如呢？具體的來說？」

此時，綠蒂手中的電話鈴聲響起。

維特．來電！

她望著手機螢幕遲遲不按下通話鍵，淚水漸漸模糊了視線後隨著悠悠的心事零碎掉落，糾結的頭腦疼痛起來，她心裡還甚至油然生起微小的期望，期望Ben現在就擁抱她，現在結束這一切吧，我真的好累，可是，她知道Ben不會做這樣的事，就算會，她也知道自己絕不可能接受。

台北．信義區

「各位美女晚安，歡迎來到本餐廳用餐，我是妳們這一桌的接待員，我叫維特，少年維特的煩惱的那個維特，等一下如果有需要什麼服務請直接叫我的名字就行了，我會馬上飛奔到妳們面前，喔對了，請直接用中文叫維特，如果妳們用英文叫 Waiter 那可能餐廳裡的所有男接待員都會湧到妳們這美女桌前搶著為妳們服務，這樣可能會造成本餐廳的困擾，所以請麻煩別叫錯名字囉。」女孩們輕鬆的笑開了，這些都在維特的掌握之下，他很能夠在適當的時機說些適當的話，雖然不是多了不起的話，但搭配上他醉人的笑容以及動作，總是讓人容易卸下心防。「接下來妳們就先優雅地聊聊天等上餐，我會用最快的速度來服務妳們，再次謝謝妳們，Ciao～」點完餐，維特在桌巾紙上流暢的寫下名字，近乎職業性的再給了一個迷人的微笑後翩然離開，那雙眼笑彎成兩道眉月飄浮在四個女孩的幻想天空中。

但是此時，在廚房準備餐點的維特跟剛才談笑風生的他簡直判若兩人，他的嘴角下沉、眉頭緊繃，眼神不曉得放在哪一點，雙手只是本能性的將碗盤放至定位，精神完全無法集中，還差點摔掉一整組沙拉拼盤，他拿起手機來看，心想為什麼綠蒂不接電話也不回簡訊，難道我們真的……維特試著回想兩個星期以前的畫面，和綠蒂兩個人發生爭執而大吵一架，兩個人僵持在維特公寓門口，綠蒂想回家，維特也不打算攔她，那個時候他還以為只是個性固執的綠蒂在耍脾氣而已，沒想到下個瞬間綠蒂竟開口提議分開……

「訂個期限吧。」

「什麼期限？」維特問。

「不如我們分開吧，訂個期限，到那一天再來談談，或許，那天可以談出個結果，好好看清楚我們之間的問題。」綠蒂紅著眼睛好像逼著自己冷靜似的。

「不要鬧了，綠蒂。」

「我是認真的，三個月？一個月？還是兩個星期？」

兩個星期……最後自己還是選了綠蒂口中最短的時間，其實根本就是害怕吧，這些時間點只是為了分開而訂下的無聊規則，自己應該懂的，可是為什麼還要蒙上眼做選擇？害怕面對……唉，現在想這些又有什麼用，綠蒂無法再忍受我，為什麼會變成這樣？到底什麼時候開始的？維特的思緒像陀螺一般不停打轉著。

螢幕裡的簡訊五花八門但就是沒有綠蒂的消息，有 KTV 包廂號碼、夜店酒吧還有私人Party的地址時間以及聯絡人電話，越靠近年底這樣的邀約就不間斷出現，或許也是該踩踩煞車了，維特心裡這麼想，但實際上他還是無法拒絕這些人情，大家需要他主導場面、增溫氣氛，他需要排解由於自己的矛盾個性所造成的寂寞，就像音樂伴隨著舞蹈，如果那樣的場合失去了音樂，扭動的人們只是無聲的蠕蟲，整個空間就轉變成製造強大空虛的機器，場所裡沒有維特，維特沒有這場所，一切毫無意義。

為什麼心總是像破了個洞似的？維特常常這麼問自己，即使……如此重要的綠蒂就在身邊。

維特退伍後就選擇服務業，從知名餐廳的服務生開始做起，約在兩年前有個機會讓他從高雄北上實習，最後他選擇留在台北的原因有一半是因為綠蒂（或許也沒有一半），一直到現在在高級飯店內附設的法式餐廳當接待員，下個月就要晉升副理開始學習餐廳以及飯店管理課程，一路走來還算順遂，但維特心中對未來還是相當迷惘，母親一邊盼望他能回高雄老家接下超級市場的生意一邊顯得無可奈何的嘆氣，就有如普遍的台灣父母親一樣，而綠蒂已經在台北落地生根，所以這也是綠蒂與維特兩人心中不安定的因素，不過對此維特只想走一步算一步，綠蒂總是認為他的社交圈太廣太複雜，一開始他會帶綠蒂參加聚會或是Party，綠蒂不太喜歡那樣的場合，時間一久經常有口角，後來綠蒂教舞蹈的課越來越多且緊湊，也就比較少跟維特出現在夜晚的場合，兩人雖然表面有默契的不太干涉對方，以為這樣是給對方自由，但最後結果導致兩人漸漸形同陌路，感情中，**太客觀的結果就會帶來主觀的悲劇**，維特無法控制、綠蒂也是。

「嘿，維特，你有收到我的簡訊嗎？今天晚上在老地方有生日趴，牛牛以及點點都要去正在找人，你要去嗎？你要去的話，我現在就跟她們說一下人數。」蓓蓓蹦蹦跳跳的端空盤走進來，她綁著一束馬尾，巴掌大小的臉蛋下有著相同纖細的身形，笑起來的時候令人想起小鹿斑比，身高還不到維特肩膀的她用渾圓的黑眼珠子望著維特側臉。

「嗯。」維特拿出迷迭香麵包，再從冰箱裡拿出藍莓優格擺盤，好像沒聽見似的回答。

蓓蓓把碗盤放進自動洗碗機。「喂，你怎麼啦，心神不寧的，從來沒有見過這樣的你耶，哈囉，裡面有沒有人啊？離家出走了嗎？」她走近維特踮起腳用手輕輕敲著他的頭。

維特捉住蓓蓓的手腕然後用很認真的表情望著她，蓓蓓的心臟瞬間猛烈跳動，胸腔深處衝上幾個氣團讓她有點喘不過氣來，只能楞楞地望著維特。

「那……麻煩蓓蓓小妹幫我推掉囉，今天有點累，明天是週末還要上兩天班呢，我想早點回家休息，好嗎？」維特笑瞇了眼，他習慣性不想讓任何人看見他低沉的模樣，任何人……除了綠蒂之外。

維特、維特……我們要維特！外面那一桌的女孩失控般敲著玻璃杯喊著他的名字。

「好了，我沒事啦，快點喔，要上菜囉。」像對待小狗一般，維特摸摸蓓蓓的頭然後從她身邊走過。

蓓蓓的心跳聲雖然不停的鼓譟，但是臉上難掩失望的表情，今天是……她心裡面正這麼想的同時，維特突然停下腳步轉身對她說話。

「嘿，蓓蓓小妹，妳今天很不一樣喔，變得很漂亮，非——常非常有女人味喔。」維特眨了一下眼皮然後端著餐盤轉身消失在廚房。

霎時，蓓蓓本來摔到地面上的心又被抬到天空中，為什麼自己的心情總是隨著維特上下起伏呢？蓓蓓嘆口氣心裡這麼想，接著，她拿起手機推掉今晚的約會。

維特的 Yaris 小車從信義快速道路開上去，隧道內寬敞明亮，壁燈循環不停的在車子表面畫下軌跡，車內播放著阿密特的分生，他很喜歡這首歌，經常重複的播放，有時候覺得歌詞就是在描述像他這樣的人。他瞄了一下時間，已經十一點半了，心想綠蒂到底在哪裡呢？回家了嗎？另一方面，他現在突然好想跳入有吵雜音樂的環境內放逐，有點後悔沒有去參加今天的生日趴。蓓蓓坐在副座，心裡想著維特到底在想著什麼呢？是女友嗎？還是其他事情，這個時候蓓蓓覺得自己好脆弱，彷彿一碰就會成灰的那種脆弱，**總是以為自己很堅強，但卻在關鍵時刻像沙塔一般崩塌**，而且無法理解為了什麼。

「今天不去真的沒關係嗎？」維特開口。

「沒關係，反正今天生日的那個人我也不太熟，很輕鬆就推掉了。」蓓蓓一派輕鬆的說，但只是在盡量掩飾她的緊張。

「那就好。」維特說。「真是可惜啊，少了我們她們一定很無聊，對吧？上次玩得多瘋啊，牛牛和點點這兩姐妹都被灌到瞎茫了，還記得嗎？不過，妳上次好像沒什麼喝到酒。我和妳都全身而退，是不是？」

「是啊，我不太會喝，酒膽大酒量差，上次都靠你幫我擋不少酒啊。」蓓蓓拉了拉裙襬，心想今天是第一次在維特面前穿這麼短的裙子還有高跟鞋，有些不習慣，維特有沒有注意到呢？

上個月的公司聚餐後 Party 在錢櫃 KTV 舉辦，那天維特幫蓓蓓擋下很多酒，大概就是那個時候蓓蓓不知不覺對眼前這個像大男孩的男人有了特殊的情感，由於蓓蓓住在中和，維特則住在板橋親戚家裡，所以維特偶爾開車的時候會順路載蓓蓓回家，一個月可能只有兩、三次，這對蓓蓓來說是非常難得的機會，每次坐上維特的車都有股說不出的幸福感，她內心那特殊的情感隨著時間而益發深厚，可是，她總覺得再怎麼努力好像都無法超越維特心中那座神秘的山，雖然維特總是擺著玩世不恭的笑容，但蓓蓓知道的，她知道在那座山後面，維特心中有那柔軟、深情的湖泊，只要跨越……只要跨越就行了，蓓蓓揪著心想。

「喔，我記起來了，因為我可不允許他們欺負剛出社會的小女孩呢。」維特堆起笑容。

「哪有，我十八歲畢業就工作了，我都已經從高雄上來工作五年囉。」蓓蓓說明。

「喔？我也是高雄人耶，妳家住在哪裡？」

「我父親在高雄後火車站開旅社，在五年前收掉了，所以舉家北上，我也就來到台北工作囉。」

「後火車站的旅社……」維特心裡油然生起一絲絲的恐懼，該不會這麼巧吧。

「怎麼了嗎？」蓓蓓問。

「喔，我記得那邊的旅社都滿陰暗髒亂的。」

「沒錯啊，我們家旅社發生好多事情，有黑道尋仇啦、女人來抓猴啦、醉漢亂鬧啦等等，在我小的時候還有人曾經在房間裡自殺過呢，還好我母親及時叫警察和救護車，不然後果不堪設想，也是因為那次事件讓我父親有想要收掉旅社的想法，總之，那邊很亂啦，不過現在應該好多了，我還是很愛高雄喔。」

「嗯，我也喜歡高雄。」維特想結束話題，不可能這麼巧的，他告訴自己。

「你今天真的沒事嗎？走進廚房看見你獨處的樣子，好傷心的表情。」蓓蓓再次挑戰。

維特突然收起笑容並且沉默，車子正經過新店附近，這段高速公路構築在半山腰間，底下城市模樣變得好渺小，每次經過這裡維特都會覺得被包覆在車體裡的自己像一隻巨大的鳥飛翔在大地上，只有快速移動的景色能夠將維特心中的壞東西洗淨帶走，他害怕靜止、害怕獨處、害怕寂寞。

「對不起，你不想說的話不勉強。」蓓蓓有些懊惱。

一台漂亮的灰色RANGE ROVER休旅車從快車道超車後往新店交流道下去，維特朝那台車瞥了一下，突然也有點想習慣性的下交流道，因為綠蒂就住在景美附近，每次都要從這個交流道下去找她，綠蒂怎麼還不回電呢？畫面拉出車窗外，休旅車上的綠蒂也朝維特的藍色Yaris看了一眼，兩台車擦身而過，相交的那0.5秒鐘，時間彷彿凍結。

「只是，有時候我很討厭自己。」維特說。

車內阿密特唱著分生，重複第三次了，蓓蓓不知道為什麼維特一直重複這首歌，想問但又覺得好像沒必要，她默默的聽著。

一個我像不會累一直往前
一個我動彈不得傷心欲絕
我不確定，幾個我，住在心裡面……

「為什麼討厭自己？」

「我也不曉得，大概是類似背反性這種東西吧。」

「背反性？是指對一切事物都抱持著相反意見嗎？」蓓蓓問。

「妳說的大概只有對一半，**表明討厭眼前的事物，但腦中又同時相信對方**，而反過來另一半是表明相信眼前的事物，但腦中又同時抱持著懷疑，一來一回，最後自己到底相信什麼、懷疑什麼、討厭什麼我都不曉得了。」

「有什麼例子嗎？我有點不懂。」蓓蓓說，維特在對我傾吐心事嗎？這麼想的同時心跳又加速起來。

維特轉頭瞇著眼對蓓蓓笑了一下，覺得好像想到些什麼。「例如，妳說妳不喜歡我，我表明不相信喔，因為我這麼帥這麼迷人又這麼照顧妳，怎麼可能妳不喜歡我呢，難道妳是植物人嗎？但是在那個當下，腦中又同時相信妳真的不喜歡我，我或許有很多致命的缺點讓妳在心裡直搖頭說『我一輩子都不可能會喜歡這種男人的』，這我相信的，雖然在心底表層是極度否認，會讓妳接收到我真的不相信的訊息，甚至讓妳覺得我這個人也太自以為是了吧，但是在心底深層卻又默默對妳的決定做了打算，甚至會有點受傷喔，這樣說，妳了解了嗎？」維特聽著這首歌總是很容易的就可以描述一些東西。

蓓蓓點點頭。「我大概懂了。」

「所以妳真的不喜歡我囉？」維特用開玩笑的口吻說。

「專心開車啦！」蓓蓓用手揮打了他，維特大笑。

喜歡這兩個字讓蓓蓓頓時覺得臉頰發燙，但同時又因為維特一派輕鬆的模樣讓她很受傷，維特平穩的眼神中到底藏著什麼，或許……或許她一輩子也無法了解吧，她也想要成為能夠跟維特聊聊心事的人啊，到底該怎麼做呢？蓓蓓將頭轉向窗外，經過這個隧道就要到中和交流道了，今天要宣告結束了，胸口好悶，雙手交握都快要出汗了，可是一點用也沒有，沉默像刪節號一般無限延伸，但蓓蓓還不想看到句號。

「蓓蓓小妹，晚安囉，接下來應該是兩天後才會見到妳吧，妳休兩天假是不是？」維特在蓓蓓的公寓巷口停下來。

「是……」蓓蓓點點頭顯得欲言又止，眼神有點飄忽。

「早點睡吧。」維特似乎有發現到蓓蓓的不對勁，不過他選擇忽略。

蓓蓓默默下車輕輕關上車門，夜已深，幾隻流浪狗無精打采的穿梭，巷弄間透露著一股哀傷疲憊的氣息

「今天我……」蓓蓓雙手抓著車窗口說。

「什麼？」

「……今天謝謝你載我回家。」蓓蓓說。心裡卻在罵自己沒用。

「三八喔，快回家吧。」維特將視線又移回手機，一副準備撥號的模樣然後發動引擎離去。

「今天是我生日吶……」

蓓蓓呆滯的站在巷口望著離去的Yaris，手錶上顯示的時間為十二點十三分，生日已經過了，今天原本想要在慶生會中向維特表明自己的心意，可是全部都搞砸了，慶生會沒去成，就連兩人獨處都變成這樣，蓓蓓吁了一口長長的氣，她將肩包拽到背後落寞的往家門口走去，心想奇怪，平時這麼大無畏的自己在

維特面前竟然如此溫馴，如果我是小狗的話，維特一定就能看見我不停搖擺的尾巴吧，但是她想到之前發生的混亂事件，心中不免還是對自己的感情觀小心翼翼。

我這次要好好的處理，不能再像上次一樣了。蓓蓓心裡想。

二〇〇〇年／秋分

高雄市・城市光廊

北回歸線以南的台灣秋天沒有接近冬天的曖昧溫柔，只有夏天氣味像硬朗的老伯伯一般還在晴空中開懷大笑，雖然才剛經歷過九二一地震的傷痛，但這豔陽下的港都還是依舊顯得生氣盎然，港口的海風拂過八五大樓時產生穹蒼般的風切聲，五福路圓環附近的夏日殘影處處可見，牛仔短褲、塑膠框墨鏡、夾腳涼鞋還有瞇著抱怨似的表情朝天空望去的上班族，深呼吸時彷彿可以聞到一股貨船被陽光晒暖時特有的淡淡金屬味。十七歲的綠蒂從旗山轉了兩趟車來到高雄市區，她的心裡忐忑不安，待會就要跟維特見面了，國中畢業以後他們都是靠通信和電話聯絡，算了算也有一年以上沒有見過他了，簡直就像在見網友或是筆友一般，但綠蒂很清楚，維特是特殊的人物靜悄悄待在她的心中，她坐在城市光廊裡的咖啡廳二樓，尚未開學的平日，她望著街景回憶著鮮明的過往……

由於父母們是舊識，家又住得近，維特和綠蒂從國小開始就是青梅竹馬，畢業後一起就讀高師大附屬國中，雖然不同班，但同學們早就視他們為無法介入的甜蜜戀人，什麼指腹為婚、已經簽好結婚證書、看見他們在校門口牽手接吻之類的無聊流言在校園內散布著，但其實感情在他們兩人心中都尚未萌芽，他們默默的承受著這些流言不敢出聲，因為只要對流言表達意見，流言就益發壯大，怎麼樣解釋都不行，而且維特在校多才多藝人緣極佳，參加書法、朗讀比賽又是資優生，就連市內籃球比賽都能帶領校隊拿到亞軍，實力被認為跟高中部有得拚，這些種種都造成綠蒂不少壓力，什麼人都可以，為什麼我一定要跟他湊在一塊呢？

綠蒂常常這麼想，雖然愛慕的心情並不是沒有，畢竟維特的魅力非凡，但是與流言壓力和女同學們有意無意羨慕或嫉妒的眼神相比，綠蒂真的寧願從來沒有認識過維特，壓力大的時候綠蒂經常一個人跑到附近公園偷偷哭泣，不然就是到舞蹈教室拚命的揮汗練舞。暑假過後升上國三，綠蒂彷彿受到詛咒地轉到維特這一班，那天綠蒂要走進教室時，黑板上還寫著『**維特綠蒂，永浴愛河**』八個大字，綠蒂當下站在講台前完全傻住，喉頭一股被羞辱的氣團卡住就快要嗚咽的哭了，同學們大聲的鼓譟歡笑起來，維特走進教室後到黑板前將字擦掉後拉住綠蒂的手衝出門口，這個動作又讓全班更是歡聲雷動，那天他們蹺了一整天的課在高雄市區晃蕩，綠蒂又氣又哭的向維特抱怨大罵。

「都是因為你，我在這裡過得好痛苦，早知道就不要跟你念同一個國中了，你知不知道我過得好辛苦，經常被閒言閒語的，只要有關於你又在哪裡得獎的事情被討論，有哪個女孩又對你告白了，全班都會往我這裡瞧，有人說我很可憐，有人說我是花痴，這一切到底干我什麼事呢，你可不可以離我遠一點，拜託你離我遠一點……」

那是個感覺不到涼意的秋天，也像現在一樣，雲層漸漸靠攏起來遮住陽光，或許等一會兒就下起局部性雷陣雨了吧，就像當年一樣，維特生平第一次擁抱她，雖然他們小時候因為玩樂偶爾會肩並肩、手勾手，但這是第一次正式的帶著溫暖意念的接觸，在維特懷裡哭泣的綠蒂有那麼瞬間覺得一切都無所謂了，只要能躺在這個溫柔的懷抱中，應該什麼都可以不在意吧，起風了，一點預兆都沒有的雷陣雨乾脆地掉落下來，耳邊陣陣的雷鳴聲，維特拉著綠蒂的手跑去躲雨，上半身都淋濕的他們在那淅瀝的雨聲騎樓下靜靜的擁抱著……

綠蒂回過神來，玻璃窗的表面已經黏附拉著長線的雨滴，這一年多以來他們從未提起關於那個雨天擁抱的任何事情，國三下學期綠蒂因為父親工作關係就搬到較偏遠的旗山也因此轉學，當她以為再也不會見到維特的時候，維特竟然主動寫信給她而且通信持續至今，這讓她感到相當不可思議。

雨線越來越粗，路上行人們移動得更快了，她往咖啡廳門口望去維特剛好開門走進來，同時也是十七歲的維特身穿白色短袖V領素面T恤和卡其色長褲，胸前貼著深牛皮色側背包背帶，還看不出包包牌子，但是感覺品味良好而且乾淨，本來五官就很端正的他現在感覺更立體了，好像有個高明的工匠在他臉上精雕細琢一般，不曉得是不是因為太久不見，綠蒂覺得他渾身散發出一種成熟的氣質，跟自己身旁經常弓著背，戴著厚重眼鏡，蓬頭垢面的高中男生完全不同，不過那成熟之中卻帶有淡淡的憂愁，她突然緊張起來，頻頻注視著玻璃窗裡的倒影，想看看她自己有沒有什麼地方不對勁。

「嘿，不好意思，妳到很久了嗎？」維特在她面前的位置坐下來。

「喔，不會，剛到。」綠蒂故作輕鬆。

兩人向服務生點單後沉默了一陣子，早知道今天就穿裙子了，綠蒂在心裡懊惱著，維特雙手交握，用平穩帶點笑容的表情一直看著綠蒂，這是他慣有的技巧，凝望著女孩一直到對方感到害羞，這樣他就可以在對話當中佔盡優勢吧，綠蒂這麼想。

「看什麼！我知道我皮膚變黑了，穿得又不漂亮，你開心了吧。」她決定先發制人。

「喔！難道是信裡寫的那個。」維特一臉恍然大悟的模樣。「去繞了南台灣而晒黑的吧，沒想到妳真的去了，真的一個人旅行嗎？」維特勾起笑容。老天……他怎麼臉上一顆痘痘都沒有，綠蒂甚至有點氣餒。

「是啊。」綠蒂點點頭。「高雄、屏東、墾丁、台東，最後再坐南迴鐵路回來。」

「真了不起。」維特停頓一下。「不過，妳仍是我見過皮膚顏色最漂亮的美女。」

「STOP！」綠蒂用手掌遮住他的臉。「你這油腔滑調的招數使在我身上沒有用喔，請用在別的女孩身上吧，我打過名叫作『抗維特』的疫苗了。」雖然這麼說，但身體還是不由自主發燙。

「這麼厲害，連這種疫苗都有人發明。」

「你這隻有名的大病毒，當然會有人發明抗體啊。」綠蒂笑了出來。

「還是喜歡跟妳聊天啊，我就在想妳這麼喜歡我，為什麼捨得搬家離開我呢？」

「還來這招！」綠蒂用手揮打維特的頭。

「好痛！」維特摸著頭說。

這一年多來的分離時光反而讓他們之間的感情增溫不少，這是綠蒂沒有想到的，維特在信裡常常跟她聊心事，尤其維特父親在去年年底腦中風導致身體右半邊行動不便，那個時候超市的生意才剛起步沒有錢僱工，而母親要待在醫院，所以維特經常要向學校告假回去幫忙，維特甚至因為這樣而有了休學念頭，在那段時間綠蒂常常寫信或是打電話給維特加油打氣，畢竟也考上了令人羨慕的附中，怎麼可以隨便放棄，幸好這半年來復健得宜，綠蒂收到病情轉好的消息後漸漸放心了。

雷聲間歇性的響徹天空，就連落地窗都能感受到微微震動，窗外大雨滂沱，可是雲層依然透出光亮，這樣的雨大概待會就停了吧。他們倆聊了一陣子，從學校生活、社團一直聊到想要考什麼大學這些事務性的簡單話題，綠蒂大概會一直走舞蹈這條路，而維特則是沒什麼想法，他總是走一步算一步。咖啡廳裡飄出小事樂團——Time goes by，持田香織溫柔的歌聲混合著拿鐵流入綠蒂的胃裡，最近在寫信時常常聽著這首歌，她不太敢直接凝視維特，不過卻又常常忍不住偷瞧他，人生真不容易，如果畫面能停留在此刻多好，她想到即將離婚的父母心裡湧起不安浪潮，此時音樂、咖啡和維特的側臉如果能永遠凝凍住多好，甚至停留在那年被維特緊緊擁抱的大雨中……該多好。

「叔叔阿姨還處得好嗎？……應該沒事了吧。」維特轉過頭來，好像看穿她心事一般。

「離婚是遲早的吧，現在只是在拖而已，離婚也好啦，給個痛快，不然同住在一個屋簷下真的很不愉快，只是或許過不久我又不曉得要搬到哪裡去了。」綠蒂給了一個勉強的笑容，故作輕鬆。

「不管怎麼樣，請妳記得跟我聯繫，好嗎？」

「嗯。」綠蒂心裡鬆了口氣，對於家裡的事再聊下去她會不舒服。

「每個家庭好像都有什麼樣的問題存在喔。」維特朝窗外看出去，由上而下眺望著雨中撐傘的人們，由於是無預警的大雨，大多數的人們都未帶雨具而奔跑著。「妳覺得他們快樂嗎？」

綠蒂也朝同樣方向望去。「不曉得，不過被突然的大雨淋著應該不是多快樂吧。」

「我覺得他們很快樂喔，應該是說，**只有認為旁人都是快樂的，自己才**

能走得下去。」

「你不快樂嗎？」綠蒂問。

「我的不幸，是無力接受他人的不幸。」

「什麼？」

維特搖搖頭笑而不答。「妳不是有一個弟弟嗎？」

綠蒂嘆了口氣無奈的說：「是啊。」

「妳跟他的感情好嗎？」

「馬馬虎虎囉，大概是保持在常常見會覺得討厭，但久久不見又覺得想念那樣的層次吧。」

「我啊……我其實不是獨子。」維特保持著有點憂愁般的笑容。

「你有兄弟姐妹？」

「一個小我三歲的弟弟。」

「怎麼從來沒聽你說過，也沒見過他。」

「他來到這世界還沒滿一週就因為身體過度虛弱而夭折了，本來就是個早產兒，一出生就得使用生命維持器，最後只好放棄，很少聽爸媽提起，我也是到了國中才追問出來的，所以，在我兒時回憶還沒來得及構築之前，弟弟就死了。」

「怎麼會這樣……」綠蒂心裡卻很震驚，她從來沒有聽維特提起過這件事。

「難怪我看到嬰兒的時候都會有一種親切感，感覺好像曾經在哪裡看過這麼小隻的人類，大概是在醫院的嬰兒房吧，雙手大小的弟弟在透明箱裡咕噥的動著，這個畫面似曾相識，知道這件事後，本來以為自己是獨子的我，本來以為會一個人一直走下去的我，突然感覺到很孤單，心中那不知名的期望突然像泉水一般汩汩流出來，聽到同學們說『我弟他是打棒球的、我哥昨天幫我去買車票』之類的話，背脊都會不自覺涼了半截，並不是插不上話，而是有種很深很深的遺憾，有時候一個人放學回家會想哭，如果能有一個差不多年紀的兄弟姐妹該多好，只要一個就好了，如果弟弟沒有死，我的世界是不是就不一樣了，感覺心突然缺了一個區塊，那邊空空的。」維特感慨地說。

「可是，我並不覺得獨子就有什麼不好啊，至少很多東西能夠獨享，像我這個做姐姐的經常要讓弟弟呢，連零用錢分下來的時候我都要多給弟弟一些，有時候他調皮搗蛋，我都得要幫他揹黑鍋，自己一個人反倒才輕鬆呢，當然，弟弟的死可能衝擊很大，不過既然是事實了，那也只能接受，我相信你父母不想提起，應該是因為他們也很難過吧。」

維特聳聳肩。「我沒有弟弟死去的印象了，一點也沒有，家中也沒有設什麼靈堂牌位之類的，畢竟我當時還不到三歲，可能談不上什麼衝擊，我也不知道怎麼說，大概就是『**沒有過多的期望，就不會有過多的失望**』那種感覺吧，就像從小到大，大家都認為我一定可以怎麼樣，成績這麼好一定可以輕鬆拿到獎學金，這麼會打球、跳得這麼高，這次比賽一定拿到冠軍，書法這次比賽沒問題的等等，可是我最後還是沒拿到獎學金，籃球比賽也只得到亞軍，書法比賽更不用說了，拿到一個安慰性質的佳作，然後，大家拍拍我的肩，以那種『可惜啊，不過也不錯了啦』的眼神看著我、幫我打氣，從頭到尾，這不就是大家過多的期望嗎，我沒做錯什麼，比賽也拚了命的認真了，可是結束後卻一點也感覺不到快樂充實，反而聽他們說的話而有很重的失敗感，難道我天生就該當贏家嗎，好像比賽沒有贏就不對……」維特說到這把話斷了，攪拌著玻璃杯中的紅茶發出匡噹匡噹的聲響。

「對不起……講了一堆有的沒的。」維特低下頭說。

綠蒂搖搖頭。「不會，很難得聽你說這麼多內心的話，雖然我不曉得怎麼回應你，相較你來說，我應該天生是個輸家吧，所以比較沒法感受，對不起。」綠蒂吐了一下舌頭。

「我才是個輸家，輸得可慘了。」維特雙手交叉身體放軟似的趴在桌面。

「怎麼會……」

音樂不曉得跳過幾首，來到了常在電台裡聽到的蔡健雅——記念，維特趴在桌上，綠蒂托著腮玩弄著手中已空的咖啡杯，他們都暫時不說話靜靜聽著這首歌，好像在消化剛剛所說的話語，也慢慢消化著兩人許久不見的差異感，好像在進行什麼催化作用而慢慢融為一體，或許沒有這樣的沉默就會導致不同結果，雨聲配著歌聲和咖啡廳裡細碎的交談聲，一切彷彿像貓踩過下雨天的路面般輕巧，綠蒂也不自覺放軟了身子。

想念變成一條線，在時間裡面漫延，長得可以把世界切成了兩個面。
他在春天那一邊，妳的秋天剛落葉……剛落葉……

「你上次在信中說的，是真的嗎？」綠蒂突然想到維特信中寫的內容。
「哪件事？」
「想休學的事情，這次又是怎麼了？」綠蒂問。
「喔，那個呀。」維特搔搔頭，一副有點苦惱的樣子。「只是突然覺得我是不是應該離開這裡獨自生活。」
「怎麼說？」
「我也不曉得，總之，就是那樣吧。」維特欲言又止。
綠蒂皺起眉。「維特，我們在信裡不是有約定嗎？」
維特點點頭。「永遠不准向對方說謊。」在學校幾乎是風雲人物的他，今天在綠蒂眼裡卻像個小孩。
「所以，我在聽喔。」

「嗯……大概是想讓自己變得更強吧。」維特喝了一口紅茶，他不愛喝咖啡的習慣依舊。

「變強？」

「人生惡劣的事情以後會經常發生吧，數量一定比現在多更多，父親中風的那段時間裡我很軟弱，不，應該說我本身是軟弱的，只是被突發事件引導出來。雖然我表面上成績還不錯、體育也行，不太算是一個讓老師或家長頭疼的學生，好像什麼事都可以自己來，可是真正的我並沒有辦法面對惡劣的事情，一想到那種黑暗、不幸、悲傷、寂寞的事情，我就渾身發抖，彷彿站在一處懸崖邊，背後是一個無底洞，腳一踩空我就萬劫不復了，我跟學校、家裡所想的那個維特完全不一樣，有時候我可能跟他是好朋友，但有時候我卻完全不認識他了，總之，好像隔著一個固定的距離似的。」

綠蒂深呼吸了一口氣，的確，在往返書信當中能隱約感覺到維特特殊的糾葛心理，可是當面接收到這樣複雜的訊號時還是有點不太適應。

「難道離開就可以解決了嗎？」思考了一下綠蒂這麼說。

「我也不知道。」維特歪了一下頭，話題好像又繞回原點。「我才十七歲，就算離開又能去哪呢，可是如果一直保持這樣下去，我就根本不想長大，不是有人說『三歲就決定人一生的個性』嗎？那現在的我和二十歲甚至更久以後的我全都一樣了，我簡直可以想像得到那樣空洞的我，在漆黑的深海裡翻滾掙扎的我，可是，這跟外面的人所想像的我又不一樣。」

「我覺得你想太多了，何必在意別人眼光呢，我有時候也會這樣，低潮期來的時候難過哭一哭就好了啊，日子還是得過下去，書還是得讀，學費還是得繳，聯考還是會來啊，而且，維特你擁有的天分是別人可能花一輩子時間都無法得到的喔，你看你之前是籃球隊長、成績又好，輕輕鬆鬆就考上附中，未來一片光明啊，哪像我只能勉勉強強讀那偏遠的學校，除了剛好離家近之外什麼好處都沒有，所以，你要有自信啊。」綠蒂說，另一方面綠蒂心裡覺得自己的問題就這麼多了，怎麼每次都在安慰維特，這好像變成一種本能性的行為，那自己的事情誰又能了解呢？

維特笑著點點頭，他慵懶地用手掌支著臉龐轉頭瞥向雨已經漸漸變小的五福圓環，天空破了幾道縫像是雲層後有金光閃爍的宴會而不小心漏出光來，綠蒂對他的笑容感到有點灰心，那好像在說：謝謝妳，不過我想表達的又是另一回事了。

「嘿，綠蒂，謝謝妳聽我講這些，我說真的。」

「可是好像起不了什麼作用。」綠蒂有點受傷的說。

「沒這回事。」維特用很深的眼神勾起笑容。「沒下雨了，去外面走走吧，裡面好悶。」

並肩走在他的身旁，綠蒂能感受到他身形的變化，短短一年多，維特就已經高出她將近一隻手肘的距離，而這距離令綠蒂感覺到舒服，很難想像小學的時候綠蒂還嘲笑維特是小個子，這就是男孩青春期的變化吧，從側邊望著那像山稜線一般高聳的喉結和厚實的胸膛，綠蒂心口就產生一股酸楚，我真的喜歡維特，但在這場幾乎沒有愛情因素而且不平等的追逐比賽中，我已經被前方的維特遠遠拋下了吧？綠蒂有點失望的想。

閒逛了一會兒，本來清爽的空氣沒有維持多久，天空上的雲都被高雄的大太陽趕跑，它又恢復剛才的威力了，彷彿雨水只是要任性為了要搞個惡作劇似的，現在又乖乖的被太陽老爸給叫回家去了。他們到三多商圈的電影院躲躲陽光，剛好有電影湊得上時間，距開演只有十分鐘，那不如看場電影吧維特說，好啊綠蒂回答。於是，他們選了那部電影然後拿著爆米花和兩杯可樂舒服的坐在中央位置，一直到電影開始，綠蒂才知道他們選了《花樣年華》，她對於這種兩人之間的隨性默契感到開心，坐在維特的身旁，座椅沙發傳出淡淡潮濕味，但是很快就被從維特身上傳出的氣味蓋過了，那是有層次的氣味，綠蒂不由自主深呼吸探索那氣味的深處，她閉上眼、睜開眼，剛好看見黑屏幕上打出的幾個字——

那是一種難堪的相對

她一直羞低著頭

給他一個接近的機會

他沒有勇氣接近

她掉轉身……走了。

故事情節並沒有讓綠蒂感到特別津津有味，途中她還因為上化妝室而忽略掉很多片段，不過，六〇年代的老上海旗袍，大提琴與小提琴相互交錯的糾葛旋律以及納京高的歌聲不斷在她腦海裡播放，甚至在走出電影院時還不太適應現代化的城市，腦子裡嗡嗡地叫讓她有點恍惚。而綠蒂上化妝室有另一個原因，自從今天見面談話後，她就一直想要寫些東西給維特，也許是自己言語能力太差，也可能是因為與維特通信的習慣使然，綠蒂覺得要表達些什麼就一定得寫信，她希望維特能快樂一點，像國中的時候一樣在校園內發光發熱，而不是像現在動不動就想要休學或者是逃離，她花十來分鐘的時間坐在女廁所裡用帶來的紙筆寫信，寫著寫著，心裡不曉得為什麼突然疼痛起來。

高雄市・西子灣

「這斜坡爬上去就是北門了。」維特對坐在後座的綠蒂說。

「我從來沒有來過。」

「其實我也是。」

前方是用紅磚砌起的建築，在日治時代之前原本是圍成一整圈的砲台城樓，由於二戰時期遭到日軍轟炸嚴重損壞，雖然經過好幾次整修，但如今也只剩拱門很擁擠的被夾在兩側民房之間，摩托車承載著兩人身影從雄鎮北門四大字之下穿越而過，一隻黃白相間的土狗好像對他們一點都不感興趣似的在大榕樹下睡覺，不時還有點寂寞地打了個呵欠，地面上有著剛才雷陣雨所打落的稀疏樹葉，狗身上也有被與淋濕的跡象，右前方有一排大約二十階的石梯，黃土平台在那石梯之上，走上去後才發現有被榕樹遮蓋住在下方看不到的整排木造欄杆，有一對情侶正在平台的末端細聲交談，黃昏中兩人身影靜得很美，他們也從那平台往下俯瞰西子灣，風很輕柔，被雨洗過的夕暮景色顯得更為銳利鮮明，像永遠一般遠的夕陽像是天空被鑿開一個完美的黃金圓洞，為了連結夢與現實的洞。

「不好意思，請問一下。」情侶之中的男人問。

維特和綠蒂都一起點點頭。

「你們知道那燈塔要怎麼上去嗎？我跟我女朋友來這裡好幾次了，一直想上去看看都不曉得怎麼去。」男人指著左上方的高雄燈塔，他身旁的女孩聽到女朋友三個字便嬌羞的低下頭。

「喔，那裡是旗后山，屬於旗津那邊了，需要坐渡輪過去，不過我不曉得燈塔的開放時間。」維特很熱心的回答。

「這樣啊，好的我知道了。」男人紳士般的跟維特握了握手，那鬍碴好像他生下來就有了似的，非常適合他的笑容，體格也相當健壯。「忘了自我介紹了，我叫 Ben，非常謝謝你。」

「喔……我叫維特，不用這麼客氣。」維特心想眼前男人感覺真清爽，跟他握手的時候也能感受到緊實的力道，我以後會成為這樣的男人嗎？可能不會吧，但他身旁的女孩的確跟綠蒂有幾分類似，氣質出眾帶一點知性感，我想以後綠蒂會變成這樣的女孩吧，我還有機會能看得到嗎？

「你們很登對喔，要好好把握幸福喲。」Ben 身旁的女人對他們笑著說。綠蒂將頭低了下來。

「別說了，人家還年輕呢。」Ben 緊握著女人。

四人相互點頭致意後 Ben 牽著女人的手就離開了，空氣瞬間感覺更為開闊，這裡只剩下他們兩個。維特雙手靠在欄杆上，這就是此生最後的風景嗎？好像也不錯……身旁又有綠蒂在，好像真的不錯。

「在想什麼呢？」綠蒂轉過頭問他，夕陽將她的睫毛染亮。

「最近不是有很多世界末日之說嗎，九二一地震啦、中東戰爭、股市大跌、經濟泡沫還有中國的導彈啦……等等。」

「好像有這麼回事。」綠蒂說。「你該不會在想如果明天是世界末日，今天要幹嘛吧？」

「倒沒有，真的有世界末日也是一瞬間就出現了，根本來不及想。」

「那是在想什麼？」

「想妳啊。」

「少來！」

此時，一艘簡直有如移動城市般的巨大貨輪鳴起沉厚的汽笛音從兩人眼前緩緩出海，龐大的身軀把夕陽都給遮住了，在那身體上的貨櫃就有如樂高積木般整齊堆疊著，船身的尖端破開海面發出刷刷的聲音，沒有看見人在走動，可能在船艙裡看著少年維特的煩惱而想像愛情的美好與苦澀吧。

「我爸爸也在像那樣的貨輪上工作過喔，負責保養輪機啦、動力系統之類的，我也不太曉得，住在還不錯的艙等，有一個小書桌、上下鋪的單人床，甚至還有自己小小的淋浴間，小時候曾經也陪爸爸上船住過幾天，好奇嘛，想學鐵達尼號那樣啊，可是才不是那回事，一站到甲板上我立刻就雙腿發軟、頭眼都發暈，更不用說走到船的前端還像傑克與蘿絲那樣張開雙手了，想都不敢想，我倒喜歡在船艙裡的感覺，小小的空間裡隔絕外面的大風大浪，感覺挺好的。」

綠蒂說。

一時之間維特找不到話語所以保持沉默，在這壓倒性的香草天空之下，他突然有點膽小。

「如果有多一張船票，妳會不會跟我走？」

「什麼？」

「花樣年華裡的一句話，周慕雲這樣想，但是蘇麗珍也這樣想，如果有多一張船票，你會不會帶我走。」

「好像各自在想各自的。」

「是啊。」維特托著下巴。「他們都在猜，但是卻沒有人行動，不過要是行動了就不美了。」

「對不起，剛剛我其實沒有很注意在電影上。」綠蒂笑了笑。

「我也是，我還睡著了呢，只是突然想到。」

如果今天我就要死去……妳會跟我走嗎？維特心裡這麼想，不過很快這想法就消失了，不重要了。

「維特維特！」綠蒂走到離維特稍遠的地方大聲喊，她常常動不動就用疊字叫他。

維特轉頭望向她。「怎麼啦?」

「你看喔!」

眼前的綠蒂身體和雙腳規律的彎曲和伸展,像是音樂盒裡的芭蕾娃娃輕巧的、有節奏的轉動起來,陽光灑在這娃娃身上拉出一段長長的夕影,他能感覺到綠蒂的笑容有溫度的、有力量的不斷傳遞到他的身上,維特心口有一陣熱氣流竄著,很快就佔滿整個身體上半部,尤其是腦袋突然感到腫脹,根本就來不及反應,眼淚就像河水遇到瀑布有如出口一般流瀉下來,維特馬上伸手擦去眼淚不想讓綠蒂看見,可是嘴唇不停的顫抖讓他感到很狼狽,他好想大喊,喉嚨深處有股等待釋放的力量,這或許是他最後一次機會了。

綠蒂停下轉動並且保持沉默,她有點嚇傻了。

「喂!」維特放肆大喊。

「幹嘛你!哭什麼哭。」綠蒂也喊回去。

「喂!綠蒂!」維特用手掌圈住再度大喊並且往綠蒂的方向走去。

「幹嘛啦，你神經喔！」

「喂！」維特不理會她，又再大喊，越靠越近。

「喂！」綠蒂乾脆學他也大喊。

「哇～」維特幾乎站在她的面前轉頭向大海吼叫。

「啊～」綠蒂也學他轉向大海尖叫。

「我們接吻吧！」維特向大海喊著。

「我們接吻吧！」綠蒂也模仿地向大海喊著。「什麼？！」

維特雙手摟著呆滯的綠蒂的肩膀將她拉向自己，沾有海風的四片唇來回游弋著，他感受著她的味道、溫度，夕陽的餘暉金燦燦的浮在海面上，彷彿只要時間靜止下來人們就可以走在那金黃色大道永遠不回頭，閉上眼，維特腦袋全都空了，如果人生真的有花樣年華，那一定就是在融有夕陽的大海裡。

「謝謝妳。」

「謝什麼？」綠蒂不解。

「謝謝妳奪走我的初吻啊。」維特說。

「你少來，附中的女孩又漂亮又主動，我才不相信你的初吻還在。」

維特笑而不答。

公車到站，綠蒂往拉開的車門走去然後轉身說：「那我才應該要謝謝你……」拉門關上，車窗裡綠蒂的笑容好幸福，維特朝她揮手，他知道綠蒂的答案有兩種，一種是謝謝他也奪走她的初吻，一種是謝謝能讓她奪走他的初吻，不管是哪一種，都沒有遺憾了，維特心裡這麼想。

公車轉彎消失在路口，維特將手指輕觸柔軟帶點潮濕的唇，在這個瞬間，我們將鏡頭畫面抽離然後飛高，一路往綠蒂坐的公車追了進去，綠蒂也跟維特做著一樣的動作，用手輕觸自己的唇，他們彷彿都在碰觸、探索彼此的溫度還有悼念同時間一起失去而且永遠不再回來的純粹。

夜悄悄降臨大地，藍黑色的天空上掛著幾朵灰色的雲，夜晚的城市開始用另一種面貌活動起來，空氣好像流動不太起來而顯得悶熱。看了看手錶，晚上七點半，比他預期的時間來早了點，由於綠蒂要轉兩趟車，所以不得不盡早將她送到車站，時間因此空下許多，本來有點緊張，可是望著剛剛綠蒂離去的背影，他的心就突然靜下來，靜得有點寂寞，就像墓碑上的刻字一般平靜，沉沉的東西不見了，能感覺到現在身體就像紙一樣輕，接下來很簡單，買木炭、火種、打火機、膠帶，為了不讓人起疑心還得買烤肉醬和竹籤，飯店在兩天前已經找好了，錢也準備好了，OK！行動吧！

他在後站附近一間雜貨店買必要的物品，老闆娘背部有點佝僂，是個神情和藹中帶點銳利歷經許多世事的老太太。

「中秋節要到了嗎？這麼快呀。」老太太看了一下牆上日曆。

「是啊。先準備準備。」維特說。臨走前老太太還多送他一包竹籤。

走出雜貨店往飯店大概還要走十來分鐘，他定了定腳步環視四方，後站這個區域為了要拓寬鐵軌線路以及改建車站本體而經常動工，建商腦筋一動就馬上來這裡佔地蓋房，高雄捷運才剛開始起步，未來這裡必成為兵家必爭之地，到時候建商高層就可以盡情炒地皮賺取大把鈔票，這是維特從常常玩股票賠錢的老爸口中聽到，不過在維特的眼中只有看見馬路就像遇到仇家似的被千刀萬剮，幾戶舊民房硬是被鏟平挖開讓出路來，耳邊聽見的是打樁聲和怪手嗡嗡的引擎聲，他們正為了利益而努力地破壞這個地方，小時候印象中的車站已經全然變樣，幾隻表情無辜的野狗看見人們就驚慌的逃避，施工後的凹陷路面形成一個個水窪，那上方還漂浮著破爛塑膠袋和寶特瓶或是檳榔盒，維特看見幾個皮膚黝黑只賺取溫飽薪水的工人正吃力的搬運機具，上班族一個個面帶疲憊表情經過這裡，車流動也不動的堵塞著，灰色的大樓群毫無接縫般的擁擠到喘不過氣，他不禁納悶，到底大家在這醜陋的世界中還要追求些什麼，大家到底為了什麼而活，有人說，**最完美的瞬間就會出現死亡**，因為下一刻就沒有什麼值得去擁抱了，下一刻沒有什麼要失去的了，今天就是他最後的完美吧。

旅社房間的霉味災難性的撲鼻而來，發黃的壁紙以及好像有人嘔吐過的地毯令人發毛，唯一的窗戶面對著死沉的細砂礫牆，打開昏黃沒力氣的立燈，床頭櫃的按鈕式塑膠電話就馬上響起。

「帥哥，要不要叫小姐。」

「不要，謝謝。」

「沒錢是不是，沒關係啦，看你這麼帥，阿姨給你打個對折，怎麼樣？」

「真的不要，謝謝。」

「哎唷，出外人嘛，總是得吃一頓溫飽，別害臊啦，男人都是有需求的。」

「真的、真的真的不需要，非常謝謝妳。」

叩的一聲！對方近乎暴力似的將電話掛斷，維特坐在床沿，頭漸漸疼了起來，西子灣的夕陽再也無法將他拉回有光亮的世界，從塑膠袋拿出膠帶將窗縫和大門門縫、浴室門縫封死，冷氣口也不放過，他想盡量做到最仔細，完成後再拿出木炭和火種，將桌上花盆的假花抽出然後在花盆內堆起木炭，不到一分鐘的時間，堆得像漂亮小山的木炭堆上方已經飄出一縷細煙，他向後躺，床的表面揚起一陣灰塵使他喉嚨發癢，有點安靜，他從包包拿出CD隨身聽，拉赫曼尼諾夫綿密的鋼琴聲灌進耳道裡，是第三號鋼琴協奏曲吧，他站了起來將隨身聽掛在腰間，閉上眼隨著音樂旋轉身體，他手架在空中想像在木板舞池中迴旋……迴旋……迴旋……為什麼妳都不會頭暈呢？為什麼妳都如此快樂呢？為什麼……

維特嘴裡喃喃自語，閉上眼仍然會感到暈眩，木炭所飄出的氣味竟然讓心安定下來，這是惡魔的味道嗎？腦海裡十七年來的記憶模模糊糊，什麼都想不起來，只有浮現了好多人的臉還有語言，爸爸臥病在床無力的眼神，老師們擺出「這次考試可惜了」的表情，女同學們欽羨的眼光，男同學妒嫉的嘴型，可惜了只有亞軍，可惜了只有佳作，可惜了你以前這麼厲害，可惜了……下次再努力吧，沒有下次了，我找不到生存的方法、也找不到生存的理由，不是因為你們喔，不是，是我太傲慢了，對於人生道理想得太膚淺了，我不是你們所想像的維特。

就在這時候他想起最不該想起的事情，那資優班裡唯一跟他死對頭的男同學，在夏天聯考時他贏了，考上第一志願的雄中，成績把維特遠遠甩在後頭，在放榜後他給了維特一個氣焰囂張的笑容，他們曾經在新堀江裡的撞球場打過架，彼此有瑜亮情節，雖然維特不以為然，但那男同學總是這樣對他說，維特真的不討厭他，可是面對他時總會想要比較些什麼，他總是能輕易挑起他的鬥志，這世界上再也找不到一個這樣跋扈的男生了，最後，他也真的贏得徹底，在高一上學期期末考後從教室的頂樓一躍而下，腦部著地，既然決定要走，過去他所爭取的又是什麼呢……頭好暈……他一定厭倦了這個世界……他跟我沒關係了……綠蒂也跟我沒關係……全都跟我沒關係了……腦海裡男同學彷彿又露出囂張的笑容……弟，我等一下是否可以遇見你了呢……

維特向後跌入床面，他的側背包被震得東西全灑出來，他沒什麼力氣只是斜眼睨了一下那陌生的物品，信紙？！怎麼會有信紙，床旁的煙越竄越快，炭被燒紅發出剝剝聲響，房間上空有一半已經被白煙厚厚的籠罩，那彷彿就像白骨般的大軍正往維特逼近，他平躺床面用微微顫抖的雙手將信紙攤開在淚眼前，他能感覺到自己已經站在兩個世界的中央了，雙腳跨著明顯的分界線，一邊是他所認識的彷彿只能用眼前的信紙和文字所代表的世界，另一邊則是完全不熟悉的世界，他正用最後的呼吸、最後的喘息慢慢消化著那用藍色墨水所描繪的符號……

維特維特

趁你有點昏昏欲睡的時候偷跑來廁所，為的只是想寫些東西給你，或許是我已經習慣在信紙上遇見你了吧。再次碰面感覺你長大不少，你的笑容帶有滄桑感喔，而且感覺你過得並不快樂，或許是我自己沒長大的緣故吧，可是，我想我了解你的心情喔，你有發現我也變了嗎？人生真的很不容易，常常看著周遭同學們的家庭幸福美滿，為什麼自己的家庭卻充滿猜疑和忿怒，難道，我不配擁有這些幸福嗎？我不太在你面前講自己家裡的問題，並不是不好意思講，而是有人說過，替別人著想比什麼都為自己要簡單，大概是這樣的感覺，可能是因為事不關己所以就像是隔了一個墊子之類的東西吧，能無所求的想幫就幫，但是，我還是無法替你呼吸，無法替你難過、替你痛，反過來也是一樣喔，你什麼都無法為我做，人在這世上本來就是荒蕪的活著然後孑然一身的死去。但是但是，我要說的是，所以上天創造了人與人相遇這回事，雖然我跟你從小就認識到現在是有點厭煩啦，但我還是覺得非常非常非常幸運能夠認識你，你的存在就像把月光從大海裡撈起來帶回家一樣，不管這世界夜晚是否從此失去光亮，你永遠是我的珍藏，我決定了，我會一直站在你身旁，不管你多麼錯誤（太錯的話我要打你屁股），就像那個雨天你緊緊擁抱我一樣。

綠蒂

維特眼前的文字像被溶解一般消逝，有一股青光像海浪從左至右橫掃，青色的光與黑暗互相抗爭著、拔河著，在劇烈的碰撞之下，維特感到強烈的反胃，踩在現實世界的力量瞬間超過另一個世界，生的意念大於死的意念，綠蒂的信讓他受到衝擊，他爬到床沿手指深入口中去搗弄喉嚨中垂吊的肉塊，身體嚴重的痙攣，嘔吐物嘩嘩的跟著眼淚一起衝出，吐了幾次後他用盡最後一絲力氣翻倒床頭旁的塑膠電話機，身體也跌到床下，他發抖著按下總機號碼，意識漸漸模糊不清，空氣進不到肺部開始發出咻咻的聲音，眼前的畫面變成兩個、三個、無數個分解又重疊在一起的透明塊狀，最後變成一片大塊光斑。

喂！講話啊！你講話啊……耳邊聽到最後的聲音，接著，維特閉上眼落入自己的生命之潭深處。

二〇〇九年／寒露

台北縣．新店

——我感到寂寞，非常寂寞，所以我很想你，非常想你，於是，我走出門外踩踏在你可能走過的街道巷弄間，集中每分每秒的精神來祈求你會出現在我眼前，我發誓我會很勇敢的擁抱你，我相信念力會將你帶到我身邊。然而，在不斷期望與失望的過程中我漸漸感到困惑了，如果在最需要你的時候無法見到你，那，在我們之間甚至在我的心底，愛，還成立嗎？所謂愛，就是在這種最需要的時刻被一再的摧毀，從天堂變人間，從人間最後變為荒漠，因為你從不曾出現。而愛，也輕得像荒漠中捧起的沙從指縫間逃離出我的世界——

綠蒂在提出分手前幾天在日記中寫下這一段，翻著翻著，心中不禁升起一股酸楚，唉……想這些也沒用，一切都結束了，自己選擇的不能怪任何人，綠蒂將身體裹進被子裡，這幾天的溫差甚巨，白天熱得像夏天，晚上卻吹起陣陣濕冷的風，說也奇怪，當初分手時的心情跟最近的天氣倒也有幾分類似，難道，這是預感嗎？在決定分開的前一刻，心理和生理都產生極大的反應，為的就是讓她有勇氣說出那幾個字，沒有我，維特也能過得很好吧，以他的女人緣和聰明才智，現在搞不好已經完全忘我的玩樂了，我早該卸下自以為是維特救世主的責任了，她想起好像在高中的時候曾經在電影院的廁所裡寫信給維特，信的內容她不太記得了，後來維特也說信不見了，想想當初再想想現在，不禁覺得有點可笑。這一次，綠蒂覺得自己變了一個人似的，但，人總是在努力逃離的同時陷入得卻也越深。

有空聊聊嗎？我在老地方等妳　　Ben

晚上十點，經常這個時候 Ben 會傳簡訊來，但也不是天天傳，他就像一隻跟綠蒂保持著距離的貓，時而溫暖的靠近時而冷眼的旁觀，有時候綠蒂會有點害怕 Ben 這樣看不見底部的男人，但是因為舒服的距離又讓她著迷這樣的關係。她套了一件米色針織衫，出門前跟母親解釋了一下，雖然綠蒂知道媽媽並不會多問，但她還是習慣什麼事都跟媽媽說，她母親叮嚀著說她會等門要綠蒂早點回來，然後用手幫她順了順髮，自從高中畢業後搬來台北，母女兩人相依為命的生活讓她們感情有如姐妹，不過她還是擔心著正在高雄生活的弟弟，什麼時候可以將他接上來台北呢。

溫度比想像中還要稍微低一點，綠蒂發現自己穿著棉質短褲就出門有點後悔，不過景美河濱公園離家不到五分鐘路程所以倒也沒問題，拐了彎她聽見新店溪潺潺的流水聲，被建造成自行車道的河堤上穿梭著好像一家四口的車隊，水面上倒映孤單的燈光，在水流湍急處就好像被撕裂成絲狀的金箔，仔細注意河面偶爾會看見彈跳而出的河魚，綠蒂看見 Ben 坐在靠近溪旁的石製長椅上，雙耳各塞著一顆耳機正沉沉地聽音樂，被路燈打出的長長身影讓綠蒂覺得有點寂寞。

「嘿！怎麼來了。」

「我來很奇怪嗎？」Ben 把耳機拿了下來

「很奇怪喔，怪叔叔。」綠蒂展開笑顏，輕巧的在 Ben 身邊坐下，Ben 連笑聲都顯得謹慎。

近日，綠蒂能感覺到和 Ben 進入一種共同的氛圍，她向他吐露她與維特之間的問題，他也將最近煩惱女兒的事告訴她，這一切按照綠蒂內心無形的原則來看，情況還不算失控，但綠蒂自己知道，一方面在抗拒，一方面卻往 Ben 的方向越走越近，這種矛盾的感覺有時候使綠蒂心裡不安，但有時候又覺得好久沒有順從自己的想望那樣舒服，人，總是貪心的。

「在聽什麼歌？」

Ben 深呼吸了幾口涼涼的空氣。「Wake me up when Septemper ends，一起聽吧。」

綠蒂頓時嚇了一跳。「沒想到你也會聽這樣的歌喔。」

「Rock！」Ben 比了個搖滾手勢。

Summer has come and passed

The innocent can never last

Wake me up when September ends……

兩人不發一語聽著 Green Day 樂團主唱為了紀念亡父而創作的反戰歌曲，這首歌剛發行的時候綠蒂就很注意這個團體，雖然稱不上著迷，但偶爾聽到的時候都會想起父親，父親去世也有三年了吧？突然想到下個月就是父親的忌日了，雖然父親生前帶給這個家庭的苦多於樂，但，親生父親的驟逝讓綠蒂的心中好像被偷走什麼東西似的感到無奈，想到這裡，綠蒂心中就一陣抽痛。

「怎麼了呢？」Ben 問。

「沒事。」綠蒂搖搖頭，她並不打算講往事。

「喏，這是怪叔叔給妳的。」Ben 將手中的白色紙盒交給綠蒂，自己再從身旁的紙袋拿出兩個細腳玻璃杯和一小瓶裝的紅酒。

「提拉米蘇？」綠蒂打開手中的紙盒納悶著。

「我的朋友從義大利學廚歸國，最近在天母開了一家很棒的洋食店，這是今晚剛出爐的第一道提拉米蘇，本來要冰起來明天賣的，不過朋友說這不馬上嚐一下的話太可惜了，於是我就拿過來囉。」

那一口提拉米蘇在接觸味蕾的瞬間就融化了，濃郁的奶香和蛋香久久不散。

「好好吃！」綠蒂幾乎失聲尖叫。

「提拉米蘇在義大利話中有『帶我走』的意思，怎麼樣，有沒有想把我帶走的感覺呢？」Ben 調侃的問。

「對不起喔，我可能還是選擇帶提拉米蘇走。」

「真傷心。」Ben 笑著說。

「真好吃！」綠蒂給了一個滿足的笑容。

兩個人靜靜的享受提拉米蘇，本來不太喝酒的綠蒂竟然在 Ben 面前將紅酒一口接著一口喝，這樣毫無防備的喝酒頓時也讓 Ben 吃了一驚。

「怎麼，妳心情不太好的樣子喔。」

「怎麼會。」

「跟男友的事情處理得如何了呢？應該和好了吧，有什麼我可以為妳解惑的別客氣喔，畢竟我比妳多活了十幾年。」

「時好時壞，不就是那樣囉。」

綠蒂手中捧著紅酒杯望向河面發呆，幾根漂流木載浮載沉的流過，其中較大的木頭上還棲息著一隻水鳥，就像坐船一般昂首慢慢漂向遠方，綠蒂不想說她跟他其實已經分手的事情，她認為這是她心中的一道防線，如果表明自己是單身，不曉得Ben會做出什麼舉動，自己也不曉得能不能抗拒得了，在剛開始的時候是沒問題的，但日子越久就越不確定了，但在一切都未確定之前，她覺得還是以『兩個人』的方式生活著比較好。

「其實，我只是想要像那隻水鳥一樣，飛累了，有個可以棲息的地方，互相依存、互相前進，可是，這好像不是一個成熟的行為，是不是我太缺乏安全感了，太容易依賴人了呢？」綠蒂的臉漸漸泛紅，酒精在她體內發酵，心事也一樣。

「妳覺得成熟是什麼呢？」

「不知道……我不知道。」綠蒂搖搖頭。

「**成熟只是無法任性後的副作用而已。**」Ben 說。「每個人都曾經是個小孩，過去我們渴望擁有於是任性大膽的拿取，這是再簡單不過的事情，而現在呢，我們一樣渴望擁有，但卻學會放手了，妳不覺得這是一件很可笑的事情？但是沒辦法，如果我們都走回那個純真，這個世界雖然會變得更溫柔天真，但也會變得更粗暴不堪。」

「那……到底該怎麼辦呢？有時候我已經厭煩假裝不在乎，假裝不需要被愛得很深，然後，我認真而且粗暴的拿取一次，就那麼一次，我想要的完整全部，可是卻被說：妳不可以這麼做，這樣不對。」

Ben 拿出 Dunhill 銀色菸盒抽出一根點著，深吸一口把肺脹滿的空氣然後緩緩吐出。

「完整全部其實並不存在啊。」Ben 說。

「那對我來說，愛情其實也不存在了。」綠蒂有點負氣的說。

「我可以抱妳一下嗎?」Ben 說。

「什麼?」綠蒂還沒反應過來，Ben 已經轉過身將她緊緊抱在懷中。

拋下的菸蒂在微濕的草地上熄滅冒出微弱的煙，她彷彿踩進溫暖的流沙，失神般鬆開自己陷入，Ben 身上的氣味、寬厚的胸膛和那總是對她溫柔的笑容，她閉上眼感受這一刻，這已經不是 Ben 第一次擁抱綠蒂了，幾個星期前的電影院裡，綠蒂在 Ben 懷中睡得香甜，在外人眼中他們看起來像是十足的戀人，和 Ben 相處，她覺得就像泡在底部會漸漸變深的溫暖浴池裡，不知不覺，水深一直在綠蒂的默許下超標，她現在感覺已經是在呼吸與不能呼吸之間徘徊了，在 Ben 的懷中綠蒂會這麼想，反正維特應該也經常擁抱別的女孩吧，那這樣我跟 Ben 之間的程度簡直不算什麼，然後這想法可以減輕她內心油然而生的罪惡，不斷地加高水深。他們互相擁抱一陣子，綠蒂張開眼時，她在 Ben 的懷中往側邊望去看見一台藍色 Yaris 停在遠處的停車場，心中突然一陣緊張，她將 Ben 推開四處張望，可是除了偶爾經過的單車族外沒有看見其他人，被推開的 Ben 不知所措，綠蒂有點懊惱，這瞬間的動作讓她知道，她還是被維特所捕捉著。

「對……不起。」綠蒂說。

「不……該道歉的是我。」Ben有些驚慌的再把菸抽出來點燃。

河流聲嘩嘩的代替兩人之間的沉默。

「明年初我會被公司外派到東京待兩年。」Ben緩緩的說。

「嗯，怎麼這麼突然。」綠蒂故作冷靜，掩飾心中的失望。

「算是半受訓的業務調整吧，最近公司一直想收掉台灣分公司裡虧損的部門，因此，極需要像我這種中生代的人員作培訓，也算是洗腦吧，這樣回國才能大刀闊斧的砍單位。」

「好複雜啊，你們大人的世界，我都只在托兒中心或舞蹈教室跑來跑去而已，面對的不是小孩子就是想瘦身健身的老人們。」

「呵，這也是我的無奈呀。」Ben笑著說。

「無奈可以擁有這麼富足的人生，那我也要無奈。」

「真的嗎？那……全部給妳啊，我們交換。」

綠蒂搔搔頭。「嗯……我不要！」

Ben的眼神突然變得很溫柔，他直視著綠蒂，好像看見心愛的寵物在等門的那種眼神。

「然後，我想……我希望妳跟我一起去日本。」

「跟你去？」綠蒂吃驚的看著他，表情瞬間變化。

Ben很肯定的點頭。「這也是我今晚來找妳的主因。」

「怎麼可能！」

「怎麼不可能。」

「不可能的啊！」綠蒂又再說一次。

「怎麼不可能。」

「第一，我不能離開我媽；第二，你也有女兒莎莎啊，她該怎麼辦，放著她在台灣自生自滅嗎？你現在突然講這種話讓我很混亂，這樣我要怎麼跟你再繼續下去當朋友呢，你會不會太誇張了？」綠蒂激動地說。

Ben從來沒看過如此激動的綠蒂，他也被嚇到了。

「妳先冷靜聽我說完這次就好，我保證以後就再也不說了，好嗎？」Ben極力安撫綠蒂。

綠蒂將頭別了過去，心跳和呼吸都很急促，她也被自己嚇了一跳。

「我……我曾跟妳說過我正在爭取莎莎的監護權，但最後的結果對我不利，我過去的背景比較複雜，其實，我是個孤兒，從小父母就不詳，連是不是死了都不知道，後來我被某個組織裡的高層領養，這個組織給我很良好的環境讓我長大，所以我才慢慢有現在的成就，我可以發誓我並沒有做過什麼壞事，組織本來就不希望我介入任何事情，我所賺的每一分錢都是靠自己用正當方式爭取的，但是，我的前妻並不這樣認為，許多的爭執都導向我的生平背景……」

Ben深呼吸幾口氣，用手掌暖了暖後頸又繼續娓娓道來。

「撫養我長大的這個組織本來就是橫跨黑白兩道，很多事情我會被要求低調，這是我的無奈，一旦自己的背景浮上檯面，我什麼都要犧牲，包括自己女兒的監護權也不能伸手去爭奪，只能忍痛放棄。妳曾經問我，為什麼是妳呢，後來，我才發現那不單單只是選擇的問題，與前妻婚姻非常失敗，那個時候單純只是為了結婚而結的，這樣的組合也連累了小孩子，而離婚的事情讓我跟她的精神體力都耗盡了，也使我對愛情的信仰都被打碎，在我最低潮的時候，妳卻出現了。

「說得誇張一點，走進東京的珈琲貴族我就覺得妳很不一樣，相處越久我就越是萌生想要跟妳一起生活的念頭，我這個年紀，或許是人生中最後一次心動也不一定，我只對妳有這種情感，所以我相信那是註定的，我想要試著抓住，我不想要再保持什麼距離了，這一生我失去的已經太多太多，父母親、正常的家庭生活、女兒等等，就算我跟妳一輩子都不結婚也好，我只希望跟妳在一起生活，去東京這兩年也能將妳母親帶過去，我的能力可以負擔，妳如果要學日文或是再進修舞蹈的話，在東京一點都沒問題，而且環境更好，但，這一切還是要看妳，我從來沒有這麼坦白過，請妳務必要相信我。我大概說完了。」Ben一連串的告白讓綠蒂頭暈目眩，就像強大的激流，一時之間她不曉得自己要被沖向何處了。

「我哪一點好呢？外面那麼多女人你不選卻偏偏挑上我，我值得你這樣對我嗎？我只是一個任性又麻煩的女孩啊，你應該值得比我更成熟更好的女人。」

「值不值得是由我來決定的。」

綠蒂起身想要離開，喉頭卻一陣哽咽。

「綠蒂！」Ben 起身喚停她的腳步。

「每一把鑰匙，都只能打開相對應的鎖，它們是一對，就算高明的鎖匠打了高明的複製鑰匙，也往往打不開原本相對應的鎖，我只想讓妳知道，我不是那為了要打開妳原本的鎖而造的複製鑰匙，妳就是我原本相對應的鎖，我們不但可以是，而且，一定是！」最後三個字 Ben 大聲的說出口。

綠蒂的腳步有點猶豫。

「日本的事情，請妳再考慮一下好嗎？」Ben 說。

綠蒂轉身望向 Ben，感覺很複雜，可是似乎有什麼東西正在敲開她的心門。

「讓我靜一靜，我會考慮。」她也不想再堅持，其實自己是想去的，因為 Ben 的一席話已捕捉了她。

「謝謝。」

綠蒂離開後，Ben 淡淡的坐回長凳上，他的確想要放下了，他累了，**他害怕失去就是因為他什麼都沒有**，他撫摸著左胳臂整片刺青裡的傷疤，那是年輕時有一次在高雄爭奪地盤時所受的刀傷，結果說穿了還不是為了一個女人，之後又發生了許多事情，他揉了揉眼皮微微冷笑，心中的魔鬼油然而起，只要一有危機感，Ben 就會馬上啟動主動攻擊模式，不管在感情裡或是事業上都一樣，我一定要得到綠蒂！Ben 將菸踩熄然後發動車子離開。

妳就是我原本相對應的鎖……綠蒂腦海不斷思考這句話，真的有這樣的鎖和鑰匙嗎？我總是想要完全的擁有但是卻又假裝不在乎，而分開時急著漂亮轉身離開，但心中又有許多割捨不掉的情感，無法真真切切的面對，所以，我與維特的感情其實就像荒漠一般什麼都沒有吧，原本相對應的鎖根本就沒有存在過，綠蒂淚水在眼眶打轉，那維特呢？到最後，放不下維特是因為割捨不掉而已還是因為愛得太深呢？不可能是後者吧，不可能，因為他現在正擁抱著誰吧，誰正親吻著他的耳垂吧，誰正與她一起擁有維特吧。

「唉……」綠蒂嘆了口氣。

自從跟維特分手的這一個月以來經常失眠，真是一個很糟糕的女人啊，明明是自己決定分手，決定逃離了這段感情，可是卻覺得自己像是被維特拋棄一樣，其實，從頭到尾其實最自私的是自己吧，可是她又覺得跟維特的感情像是在走鋼索一樣，不小心就會跌入萬丈深淵，太危險了，她沒有勇氣去面對一切。綠蒂習慣性地蜷縮在被窩雙手撫摸著腹部。閉上眼，想起那件事情……

那件事……她已經完全感受不到腹部裡被自己放棄的曾經存在的小生命，腦海無法抑制般的湧現從東京回來後發現自己懷孕的情景，她當下就毅然決然的放棄，私自去拿了藥流掉小孩，完全只是為了賭氣，她不想身上有著維特的印記，也覺得兩個人沒有未來，然後也認為自己可以處理得很好，但沒想到這傷痛般的回憶還是不斷盤旋在她心裡，她只跟舞蹈班最親密的學姐說過這件事，學姐差點就氣得要去找維特出面對質，綠蒂還一直阻止她，事過境遷，說再多也只會被誤解而已，雖然是自己的決定，但綠蒂私自讓這個決定變成提出分手的動力，儘管維特從頭到尾都完全不知情。

墮胎的時間到現在三個月了，往事歷歷在目，也許會陪著自己到闔上眼睛死去為止吧。自己並不是一個任性嬌縱的女人，可是很奇怪的，墮胎後心裡籠罩著激烈的寒冷，所以常常向維特索求溫暖，雖然已經篤定要分手了，可是她還是要求他每天來接送她上下班，要求他睡前道聲我愛妳，要求他在生日時讓她流下眼淚，要求他的眼裡只能有她，甚至在做愛時要求他不要戴保險套，她要擁有完完整整的他，她要他的身體與自己的身體融化在一起，就像春天第一道曙光融化冬天最後一道雪，她想要化為反射天空影子的雪水灘，與他緊緊的結合，一段時間後，壓迫式的情感讓他有點受不了，綠蒂感覺到他脾氣開始顯得暴躁變得不耐煩，稍微不合心意就會引爆地雷，兩個人僵持好久，原來一切都沒有融化，反而他們倆之間形成一堵堅硬的冰壁……

「都是你才會讓我變成這樣的，都是你逼我下的決定……」綠蒂歇斯底里的想，但是從拿掉小孩以後，綠蒂其實從沒有一天不後悔的，也經常為這件事暗自哭泣，這麼做到底是任性還是成熟呢？可是她真的不想用懷孕的名義讓維特有任何心軟的機會，墮胎只是她要尋找的壓垮駱駝的最後一根稻草，除了這麼做，綠蒂找不出其他方法了，她對自己說好不再為這件事哭的，說好選擇性遺忘的，說好讓這件事變成永遠的秘密，人總是用千百萬個理由來阻止自己，卻阻止不了情感神經被挑動的瞬間，或許，是 Ben 的安全感讓她開始認真思考愛情這回事了，或許，可以試試看了嗎？

台北市．信義區

一〇一大樓用靛色燈來告訴人們今晚是星期六，為什麼會有人想到用七彩色來代表一週呢？紅色根本不適合星期一，紫色也不能代表星期日啊，維特心裡想不透，然而，靛色到底是什麼顏色，不紅不紫也藍得不乾脆，矛盾而且迷茫還帶著許多暗示，或許，這就是台北週末的表象吧，那靛色燈剛熄滅，夜店

Spark 開幕派對才悄悄上演，許多眼熟的電視明星、型男美女在看板前拍照後魚貫地進場，從門口就爆炸出來喧鬧的音樂，現場擠得水洩不通，每個人穿著光鮮亮麗，個個披著金光熠熠的外衣走進去抒發抑鬱的心情，走出來後再繼續迎接空虛寂寞，實際上並沒有任何改變，簡直就像物質不滅定律。維特在離門口不遠的地方望著漆黑無月的天空發楞，為什麼又會跑到這地方來了呢？自己不自覺的就被牽引到這裡來，到底我還是不甘寂寞需要往人群擠吧，就像尋找火焰的飛蛾。

手上的菸不斷冒著白煙，那在似有似無的燈光下看起來好像在嘲笑什麼，這段時間他感覺到他和綠蒂就像不同世界的人，好像永遠都看不見彼此，但是，就在他突然心血來潮去綠蒂家等門時，卻撞見綠蒂和另一個男人擁抱在一起，這到底是怎麼樣的命運啊？當下，他僵在他們身後的某處動彈不得，左胸口一陣一陣的刺痛，今晚真是糟透了，我早就已經完全的失去她了嗎？

他想起在一個智利作家的書裡看到一句話：**分手僅僅是以無可挽回的遲到方式證實了愛情的死亡。**現在一想，真的是如此，突然覺得自己的人生很可笑，活在別人的眼光裡，總是在意別人的一舉一動，無法一刻獨處反而讓自己疲於奔命，這是我一生下來就該承受的原罪嗎？受不了這世界的醜陋，他就選擇離開這個世界，然而為了綠蒂，他又選擇留下來活在這世界上，現在，綠蒂也離開了，我還能為了什麼而活下去呢？

「維特！」蓓蓓今晚一襲剪裁俐落的洋裝，將馬尾放下來髮長及背，隨著她的腳步左搖右擺，唇上抹了粉色唇膏看起來亮麗動人，高跟鞋使她的身形更為纖細高挑，小女孩好像一瞬間長大了，他看著朝他走來的蓓蓓，心想，為什麼我無法愛上眼前這個女孩呢？

「不是說不過來了，怎麼突然又決定要來？」

「公關說不來捧場就要把我列為拒絕往來戶啊。」維特一派輕鬆的說。

「少來，你跟超哥這麼好怎麼可能。」

維特很自然的搭著蓓蓓裸露的肩膀從公關打開的特殊通道進去，蓓蓓也很自然的像小兔子般滑入維特的懷中，自從蓓蓓生日那一晚後，她決定一切順其自然，選擇被動等待，靜靜的守候在維特身邊，其實她身邊的姐妹們都勸她不要碰維特，甚至姐妹中也有曾經暗戀過維特的人存在。

「他是個無底洞，對每個人都很好、很溫柔，讓妳會不知不覺的陷入，但卻無法給妳什麼。」

「喜歡他是一件很辛苦的事啊，忽遠又忽近、一下期望一下失望，所以我決定跟他保持距離。」

「他很誠實，坦白說出他有女友這件事，但真正接近他時又覺得他心中有什麼是我到達不了的。」

……

其實大家都在要求愛的回報吧，愛上一個人為什麼要在乎對方是否能夠給我什麼，為什麼要在乎對方是否能夠到達愛我的標準呢？自從那晚不敢開口表白後，蓓蓓決定將言語化為行動，與其開口來決定些什麼，倒不如陪伴在他身邊，這想法或許很傻，但蓓蓓還是深信能夠愛就是人生中最大的禮物了。

舞池內瀰漫著淡白色煙霧，除了人工製造所散發出來的香水味外，仔細一聞還聞得到混合著乾冰、香菸、酒味等等形成的一股淡淡塑膠被燒過的味道，蓓蓓隨著音樂搖擺身體然後瑟縮在維特胸懷範圍內，酒紅色、藍紫色、琥珀色、草綠色等等……破碎而不真實的燈光不斷掃蕩池內男男女女的臉孔然後身體然後延伸到整個舞池地板上，震耳的音樂聲和群體所發出的囂鬧形成一種巨大寂寞穹音。剛剛跟包廂內所有女孩都喝過兩輪的維特腳步已經有點顛簸，在群體之中維特還是習慣保持一顆發光發熱的恆星，即便他已將失去太陽光的反射，原罪，這真的是原罪，維特心想。

他盡量保護著蓓蓓不讓周圍男生有機會碰觸她，對著蓓蓓微笑露出兩個酒渦，那是蓓蓓最迷戀的地方，她願意犧牲一切而保護這個笑容，不過最近這對酒渦並不能傳達正面訊息給她，大家可能都看不出來，但她就是知道維特其實在強顏歡笑，這段時間維特常常將自己封閉在小房間裡，脆弱的維特從餐廳廚房走出後立刻又換了一個臉龐陪唱說笑，蓓蓓很佩服他有這樣的能耐，其實她早就在維特的眼神中看見了不穩定的地方，維特一直在硬撐吧，好像他正攀爬在懸崖峭壁上，速度很緩慢的往上移動，最可怕的是已經快爬到頂端，而這尖聳的石岩並沒有往下走的路，蓓蓓能想像維特一旦爬到頂端後，他所能夠做的也只有往下跳了。

夜越深，這擁擠的空間反而越是感覺不到時間存在，舞台後的 DJ 所放的音樂越是張狂，而今年席捲全球樂壇的歌手非 Lady Gaga 莫屬，擁有義大利血統的紐約年輕女孩所寫的歌讓全世界的夜店都瘋狂，來自台灣的40號年輕投手讓紐約棒球迷為之瘋狂，誰說沒有平行時空，這世界已經變成平行時空了，任何事情都有可能，除了失去的愛情以及得不到的愛情以外。Poker Face 的前奏一下，全場的歡呼聲像被 B-52 轟炸機炸到一般，大家不約而同的吼叫，不管華人、白人、黑人所有語言都藝術般的走向一致性，裡頭可能有人剛失去父親、有人剛剛失戀大哭、有人昨晚得知罹患癌症、有人剛剛甩了男友、有人正因失去青春而哀傷、有人正因尚未長大而發愁、有人家中躺著一位需要被照顧的親人……等等，或許都是幻想，但人生誰又能清楚描述?不管怎樣，集體逃避也是人類對情緒的一種保護措施。已經接近半醉的蓓蓓雙手緊拉著維特的腰間，她感覺到好像正站在一個失速旋轉的太空艙裡，她只能靠手的觸覺來感受維特，深怕一睜開眼什麼都要失去了，不要，我不要失去維特……蓓蓓心裡不斷大聲的喊。

「嘿，這兩杯給你們小倆口。」公關超哥拿著兩杯藍色液體從人群縫隙中擠進來。

超哥的背景非常深厚，聽說在黑白兩道都吃得很開，當初一〇一大樓這家PUB換經營權時一共有十來組人馬競標，堪稱是這行業一大奇觀，結果這家店的背後出資者在超哥的穿針引線之下得標，得標價格比預計的還要低兩成，超哥一戰成名，而超哥在尚未竄起之前非常落魄，維特因為同是高雄人而曾經收留過超哥一段時間並且視如兄弟，這也是為什麼超哥跟維特這麼要好的原因。

「什麼酒，顏色這麼怪？」維特大聲的喊。

「大麻酒，喝就對了。對了，包廂裡的女孩們一直叫你回去啦，魅力無法擋耶，真受不了。」超哥也大聲的吼。

「真的不是我的錯，要怪就怪老天吧。」維特一副無奈的表情。

「Fuck you！」超哥笑著罵了一聲然後拍拍維特的背就轉身離開。

維特拿起兩杯準備要喝掉，他不想讓酒量原本就不好的蓓蓓碰這杯酒，沒想到蓓蓓突然把兩杯都搶了過來，叩、叩兩聲就像在喝水一樣的速度灌下，維特嚇了一大跳，蓓蓓的眉頭皺得像揉爛的紙張，接著，她幾乎本能性的伸手纏繞維特脖頸，緊緊將唇貼到維特的唇上，接吻，第一次強吻男生，動作幾乎有一點粗魯，維特根本來不及反應，這是個很長很長的吻，而蓓蓓僅存的那麼一點點意識讓她有點後悔，但還是不斷將酒慢慢送給維特，四片唇火辣辣的交纏，舌與舌在腥嗆的液體裡翻滾，藍色液體從兩人的嘴角滲出在皮膚表面馬上就刮出炙熱，蓓蓓這麼一衝，用盡了身體所有力氣，她從來沒有這樣對待一個男生過，是為了想要表現自己也是女人嗎？還是因為酒精使她腦袋不清楚了，蓓蓓不知道也無所謂了，這是她跟維特的第一次接吻。

為什麼……感覺如此甜蜜又如此哀傷呢？維特雙手緊抱蓓蓓將她吻得更深了，深到簡直想把蓓蓓給啃掉，魔鬼的液體迅速將理智的圍牆推倒，他在蓓蓓的背、腰以及臀部上四處游移，指尖幾乎都要麻了，蓓蓓身體所散發出來的溫熱感是他現在唯一活在世界上的證明，誰說女人總是需要男人的體溫呵護，維特覺得男人才是永遠離不開女人的呵護，期待自己像個小寶貝一樣被母親強抱在懷裡感受那溫柔的緊實感。

此時，維特耳邊出現一陣很強大的碎裂聲使得耳膜隱隱作疼，身旁所有的音樂好像調色盤上的顏料一般慢慢的調和混成一大片，他更用力的緊抱住蓓蓓，腦袋裡天旋地轉將身體幾乎逼出汗水，接著，他不敢相信自己的耳朵，拉赫曼尼諾夫的第三號鋼琴協奏曲像鬼魅般纏繞著全身，就在一大片的混沌顏料中跳出了這首曲子，維特想起來不及與他長大就死去的弟弟，想起從高雄一中縱身往下跳的同學，想起木炭飄起的煙，想起……他緊掐著蓓蓓的肩膀，過往回憶襲擊而來給了他陣陣的嘔意。

「痛……維特，你掐得我好痛。」

蓓蓓表情痛苦的說。維特鬆開手恍惚地看著蓓蓓，然後一把將蓓蓓帶出了舞池直往門口走去，像逃難似的逃開迴盪在耳邊的協奏曲。

夜繼續往更深的地底鑽進去，維特與蓓蓓全身赤裸在偌大的乳膠床上相擁，高升的體溫讓兩人汗水交融在一起，到底是怎麼來到這家旅館維特完全不記得了，現在這樣裸身相擁更是讓他感到詫異，走出夜店後蓓蓓緊緊抓著他的手臂搖搖晃晃的走向馬路旁，記憶只到了這裡便沉入未知世界的海底，蓓蓓正閉著眼發出規律的呼吸聲，不曉得是剛睡著還是已睡得沉，床頭天花板灑下昏黃的燈光，他順著她紅撲撲的臉頰往下看，像桃子般形狀的乳房曲線一覽無遺，他的手放在蓓蓓凹陷下去的腰身不敢亂動，一方面怕驚醒她一方面抑制著自己勃起，蓓蓓的皮膚肌理透露著純真的氣息，到處都有不算過分、撫摸起來舒服的贅肉，不常運動的她並沒有像綠蒂那種腰是腰、腿是腿的俐落身材，與綠蒂做愛時總是能感受到那纖細肌肉的躍動感……

他心想：做了嗎？真糟糕，竟然一點也想不起來，維特並不希望跟蓓蓓發生關係，雖然身旁不匱乏女孩，可是維特在過去從沒有跟綠蒂以外的女孩子這麼親密過，並不是因為個性高尚、也不是情感潔癖，他也曾經想過跟那幾個主動送上門來的女孩們睡，可是總在關鍵時刻對她們產生厭惡感，如果產生的是罪惡感倒還簡單，男人是全世界最會處理罪惡感的動物，閉上眼再睜開一條縫就解決了，但是如果有了厭惡，接著而來的就是排斥感，身體就像磁鐵的同性相斥一般在未發生之前就躲得老遠，他排斥這種無謂的關係，那會使他對於為了什麼活著而感到混亂，因為維特認為九年前的他已經死去，現在活著的他有一部分是被綠蒂所佔有，這樣的心情從來沒有跟綠蒂說過，因為他擔心不說還好，一說就會完全的失去她了，當年在高雄發生的事太沉重了，會嚇死綠蒂，而且，一旦說出來，自己也會在這人生的茫然大海中失舵。

於是，維特的外在行為無法讓缺乏安全感的綠蒂取信，維特的內在心情也無法完全告知綠蒂讓她了解，這就像一個行走江湖多年的老鴇突然告訴你說她其實是處女一樣令人覺得荒唐可笑，所以綠蒂從來不相信他在外面沒有亂搞，因為自己的不甘寂寞而導致了這個後果，而現在面對著蓓蓓和自己的裸體，他感覺好像離綠蒂越來越遠了，好像必須得承認那一段感情已成為歷史，這使維特緊張起來。

「好暈……」蓓蓓發出沙啞的聲音。

維特想要開口，可是發覺舌頭硬得像石塊，喉嚨像吃了沙子一般。

「維特。」蓓蓓的眼神由下往上勾著維特。維特心中的慾念延燒，但他知道那並不是含有感情的慾念。

「我去倒杯水。」

蓓蓓雙手稍微用力抓著他。「不……先不要離開。」

維特嘆了口氣。

「對不起。」蓓蓓聽到維特的嘆氣聲。

「這樣下去不太好。」維特鬆開蓓蓓的雙手起身，他立刻用浴巾包裹住下半身，往前走向小吧台時發現地上散落的衣物從門口就一直延續到床邊，昨晚我們到底做了什麼呢？這次真的喝過頭了，他用毛巾簡單擦洗一下、穿上內褲然後倒了兩杯水坐回床沿，一陣暈眩，鼻子完全塞住連呼吸都有些困難，蓓蓓把被單拉起覆蓋著臉龐，身體一動也不動，維特突然不曉得接下來該說些什麼，也不敢將燈光打亮。

「蓓蓓，妳要不要喝水？」

蓓蓓沒有回答。

維特將水杯放在床頭櫃試著靠近蓓蓓，聽到細微啜泣聲，於是他不再出聲，靜靜的坐躺在她的身邊，腦袋像是整顆泡了水似的，酒精大部分還殘留在體內，維特想著接下來該怎麼辦，可是越想頭越暈，他甚至還無法分辨這是現實還是夢境。

「維特……你為什麼總是不能真實一點？」沉默了一陣子，蓓蓓從被單裡發出哽咽的聲音。

「真實，什麼？我不懂。」

「我在這裡啊，我一直都在，為什麼在我面前要戴著面具呢，為什麼不把故事跟我說呢，為什麼要拒絕我呢？我不會被你傷害的，每次看見你的強顏歡笑，我的心就有如刀割一般疼痛，我懂你跟那些女孩互動只是為了掩飾你心中巨大無比的寂寞，我不曉得你跟你的女友怎麼了，但我實在不想看你再這樣下去，我好擔心你……」在被單另一面的蓓蓓無聲的哭了，透過被單的隔離，她把心裡想說的話都說出來了，在那包裹住的小小世界裡隱藏了她的懦弱。

維特用手撫摸著蓓蓓的髮，他並不是沒有意識到蓓蓓的心意，只是他還沒辦法認真的面對綠蒂以外的女人，在他的心中那是極其不正常的事，雖然綠蒂總是不能相信他。

「我不曉得該說些什麼，雖然，我知道妳不想聽謝謝這兩個字，但我似乎也只能說這兩個字。」

蓓蓓沒有回答，但是背部抽動得更厲害了，啜泣聲令人心碎，維特除了持續安撫她之外，似乎也不能做什麼。不曉得現在是幾點了，時間好像暫停下來，旅館窗外透進的只有深黑，一片寂靜，這裡彷佛是另一個異度空間，有人說，入口和出口是一種相對論，**當你不曉得怎麼踏進去的時候，你就一定不曉得怎麼踏出來**。相反的來說，當你清楚明白一段關係的開始，那你也會很清楚明白一段關係的結束，剩下的只是不斷掙扎拖延，而這種掙扎拖延也證明了那段關係曾經那麼親密、那麼甜美。

「從前從前……」維特停頓一下，在這無聲的空間裡，說出的話語彷佛是由心臟發出的，他想說些什麼故事，而站在那故事的起點他看見了海豚，於是他緩緩開口。「從前從前，有一隻會飛的海豚，他與生俱來的能力可以讓他離開海面將近一天的時間，像翅膀般具有氣囊的巨大魚鰭讓他能自由自在遨遊天際，需要回到海裡時只要將氣囊的氣放掉即可，簡直就像潛水艇長出翅膀一樣，因此他經常在夜裡飛上天空欣賞月夜，在黃昏時飛上天空欣賞夕陽，但是，海底家族非常反對他飛上天空，他是一隻海豚，就應該要游泳而且要游得比任何魚類都要好，海以外的世界不干他的事，於是家族不斷施壓將他軟禁在海底，還請醫生來想辦法將他的氣囊用手術取出，但醫生搖頭說，這取出可能會危及生命，家族只好暫緩然後繼續尋找更高明的醫生，在這期間，他們還是將他限制在海底，不斷地逼他學艱深的游泳以及覓食技術，學累了就關回岩洞裡，日復一日，他漸漸失去想飛的心情，魚鰭也慢慢萎縮，他並不討厭海底世界，只是，飛翔的心情消失後他就有了想死的念頭……」一口氣說到這裡的維特，身體有些發熱，奇怪，為什麼會這麼順利，他心裡感到不可思議。

「再說下去好不好，我想聽……」蓓蓓止住了哭泣，從被單裡露出雙眼祈求維特。

維特喝了一口水然後繼續。「有一天學習結束後，他把毒藥準備好，打算在他們隔天來帶他出去學習之前讓他們看見其赴死的決心，就在那時候，一隻從小與他一起長大的白海豚從遠方回鄉來看他，用盡各種辦法使其能暫時恢復自由之身，就在海豚看見她的那一刻，海豚放棄了自殺的念頭，同時也很感動，覺得白海豚給了他生命的救贖。那天傍晚，是他最後一次飛翔，他帶著白海豚飛上天空觀賞好美好美的夕陽，可惜白海豚不能待太久，否則在那當下，他好想跟白海豚就這麼逃到世界的角落去，在回岩洞之前，白海豚給他一個吻，那是他永遠也忘不了的美好初吻，隔天，他從岩洞乖乖的出來，並且宣布他今後不再飛翔，雖然現在還找不到更高明的醫生幫他手術，可是，他願意等到那時候，而且在那之前，他心想只要跟白海豚在一起，什麼事都可以迎刃而解吧，只要在一起就好，在當下他覺得他已經決定後半輩子的人生了。

「後來的後來……他們經歷過種種磨難、誤解、爭執、妒忌等等，他還是讓白海豚離開他了，雖然一直沒有動手術，但他也完全忘記飛翔的方法，偶爾他也會想像海面以外的世界，那美好的夕陽與月夜，可是，沒有白海豚，那一切就像水泥牆一樣呆板無味，過去的情景如浮光掠影一般轉瞬即逝，他有時會很感嘆，但大部分的時候還是認真的生活在海底，最後，他完全變成一隻普通的海豚，再也沒看過海面以外的天空了。」維特拿起杯子又喝了一口水，很訝異自己竟然會憑空說出這種故事。

「故事結束了？」蓓蓓問。

「可以這麼說。」其實這也不算一個故事吧，他心裡想。

「好悲傷……白海豚為什麼要離開呢？」此時蓓蓓已經將臉露了出來，眼角微微浮腫。

維特嘆了一口氣。「或許，是厭倦了吧。」

「如果我是白海豚，我就不會離開了。」

「為什麼？」

「因為他能夠帶白海豚離開海底，讓他看見從來就沒看過的世界，那是個很美好的回憶呀，所以，不管有多少的磨難，只要回憶還在，兩個人就應該可以堅持走下去，不是嗎，感情不就是在共同構築回憶的旅程裡走出來的嗎，而且……」

「而且什麼？」

「而且，是白海豚救了他呀，他怎麼能輕易就讓白海豚離開呢，應該要好好溝通的。」

是白海豚救了他呀……蓓蓓的這句話讓維特突然有點暈眩，是的，自己是這樣活過來了，以前，為了一個人而活著以及靠自己而活著，這兩種心情好像不太能夠分辨，而如今隨著綠蒂離去，這感覺也漸漸分道揚鑣了，就像寄生蟲離開宿主後才發現「原來我能自己活著呀」那樣的心情，自己還是自己，或許缺少了什麼重要的養分，但，自我本身並不會因為分離而死亡，雖說這道理很簡明易懂，人本來就是靠自己各自獨立活在這世界的，但對維特來說，感覺還是很奇怪，好像伴隨他已久的思想即將被否定，就好像1+1也許不等於2那樣。

「所以，有共同回憶而且又有救命之恩，如果妳是白海豚，不管有多少磨難妳都不會離開他，妳真的這樣認為嗎？」

「應該吧，除非……有很**致命性的缺乏**。」

「什麼致命性的缺乏？」

「我覺得人生下來就缺乏很多東西，但是缺乏的種類並不完全相同，有的人缺乏安全感，有的人缺乏信任感，有的人缺乏親密感，有的人則是激情，當然……還有性慾。」蓓蓓好像突然緊張一下，手揪著被單起了皺褶，維特腦海浮現被單底下蓓蓓光滑的裸體。

「嗯……」蓓蓓的這番話讓維特沉默了。

「所以才有那個人的重要性，你知道嗎？那・個・人。」

「心裡的那個人。」

蓓蓓點頭。「那個人代表了你所缺乏的東西，他是來填滿你心中的空位，加深你生命的厚度，讓你不至於無根的漂浮在這個世界上，雖然有人常說，人不會因為沒有誰就過不下去的，可是我不這樣想，我覺得沒有那個人，的確我可以過得下去，可是生命卻不再具有任何意義，就像那隻會飛的海豚，或許生活在海底是正確而且必要的事，但無法再度飛翔，生命的意義與美好不就消失了嗎？」

「或許吧。」

「你就是那隻會飛的海豚，你的女友就是白海豚，是不是？」

「別亂猜。」維特將雙手枕在後腦勺。「我想，並不是我不想誠實坦白一點，而是因為很多時候我連自己都懷疑了，我跟妳講過，我是一個表面會討厭對方但腦中又會同時相信對方的人，一來一往很消耗體力，腦袋也隨時都在轉，其實好累人……」維特深呼吸一口氣再緩緩的吐出來，其實，白海豚應該是他早已逝去的愛情，失去綠蒂，他不曉得能不能再認真的愛一個人，至少，**一定不能像愛她一樣去愛下一個女人**，他心裡這麼想。

蓓蓓將手伸出來拉了拉維特，心疼的力道。

「我想洗個澡清醒一下，妳先睡吧，我想妳也累了，等一下我睡沙發。」

「海豚寶寶……你這樣子……對女孩子很不……很不禮貌……」

維特轉身看著眼前這個小他將近五歲的女孩，他突然有點掌握不住彼此之間的關係了，視線所及的空間好像稍微搖晃著，姑且先不去想蓓蓓是否是認真的，從剛才跟她裸身相對，自己就已經沒有厭惡感了，而且還必須努力克制自己的性慾，而蓓蓓跟其他酒醉後想要主動獻身的女孩也不同，她的眼神有另一種灑脫……維特飄了一半的思緒被蓓蓓給打斷。

「我很喜歡你，但是，那就像蠟燭一樣，不管你看不看得見，我依然會在你身邊發光發熱，只是會漸漸燒完，在燒完之前，我會一直很喜歡你，喜歡到心痛、喜歡到心碎，但請你記得，**總有那麼一天一定會乾乾淨淨的完全燒完。**」蓓蓓幾乎是帶著豁出去的心情說著，語氣有點顫抖。

維特心頭一驚，他能感受到的心情完完全全從蓓蓓嘴裡說出來了，蓓蓓是愛我的，但總有一天愛會被消耗完，她的眼神就在述說著這樣的心情，那一瞬間，蓓蓓的坦白讓維特覺得被強迫性的擠入一種親密感，好像下著滂沱大雨時，兩個人擠進小小的屋簷下躲雨一樣，小小的、短暫的親密感，這已經讓維特心裡開始覺得有點捨不得她了。

「對不起，還有很多事情並沒有完全明朗，也沒有確定下來，我需要時間好好想一下，在這之前，我並不想傷害任何人，我不是一個自裝清高的男人，妳的確很有魅力，但現在要是我鑽進這被單底下，我們之間的關係馬上就會變質了，我能百分之百肯定，然後接下來，我就會傷害妳，不然就是互相傷害了，男女之間就是如此，沒辦法，現在坐在妳身旁，**我都能感覺到我已經開始不**

尊重妳了，腦袋開始對妳動歪念，開始站到高處去睨視妳，但我不想這樣，我現在必須做的事就是尊重妳，也尊重我自己，就算被妳罵沒禮貌、沒有用，我都沒關係了，因為我相信妳不是一般的女孩，也值得我這麼做，我說這些妳了解嗎？」

維特將蓓蓓的手很禮貌的放回被單裡。雖然只是小小的動作卻引起蓓蓓內心激烈波瀾，這幾年來的回憶不斷浮現讓她的淚水幾乎就要奪眶而出，從學生時期蓓蓓就一直被認為是個愛玩的女孩，雖然她不覺得她隨便，蓓蓓只是想順從自己的心意，感覺對了，她並不會太在意與喜歡的男孩發生親密接觸，因為不論是身體還是情感她都想要如實傳達給對方知道，曾經有過一次一夜情，但是也斷得很乾淨，對方是個即將出國念書的美國華僑，溫和有禮，到現在也只是偶爾收到他從紐約寄來的漂亮明信片，知道彼此淡淡的情分已經是過去，她並不後悔但也絕不眷戀這種速食感情，她認為一夜情並不可恥，可恥的是假談感情之名、行一夜情之實的虛偽男女，而且交往以後她也絕不跟男友以外的人發生關係。

她不想要像身邊那些表面裝純情私底下卻劈腿偷情的女孩一樣，喜歡就是喜歡，發生關係了她也會毫不避諱的跟姐妹淘聊，但是，久而久之這樣的個性經常遭受到誤解和批判，男追女正常，女追男就被認為是花痴，男傷女正常，因為男人總是被認為是兇手，女傷男，怎麼可能？一定是那男的有問題，這社會總是這樣。

因此，她的感情生活總是受創很深，連友情也一併毀掉了，交往一年多的男友就是因為最好的姐妹把蓓蓓曾經一夜情的故事公開而腦羞成怒離開她，蓓蓓雖然又氣又難過，但她認為是自己種下的因，所以也沒想要說些什麼，但過了幾天她輾轉從同事口中知道，她最好的姐妹竟然私底下背著男友也行劈腿之實，而且，對象就是離開她的前男友，好友與男友的荒唐事件讓她崩潰般離開前公司，也使得她對感情總是小心翼翼，每次總躲在深黑的洞裡警戒，但現在面對維特這樣無與倫比的溫柔，她才發覺其實自己一點也沒有改變，還是期待愛情，期待維特愛她，就是這樣的不變讓她激動不已，她心想：不管未來維特是否會跟自己在一起，在這一刻自己彷彿被救贖了。

「妳怎麼了？」維特看著久久不語的蓓蓓，有點擔心的問。

蓓蓓坐起身將眼淚擦乾，臉上掛出釋懷的笑容。「轉過身去，我要穿衣服。」

維特點點頭起身準備往浴室走去。

「維特！」蓓蓓說。「謝謝你的坦白。」

「我也謝謝妳讓我坦白。」

「維特，所謂人生，應該是就算有九次失敗，還是要去尋求一次至高無上的美好，就算海豚無法再飛了，但白海豚還在遠方，哪怕是一次也好，試著再找尋她一次看看，我不曉得該如何講明白這種感覺，只是覺得海豚應該還要再試一次。」蓓蓓說。

「不管怎樣，謝謝妳。」

維特投給蓓蓓一個淡淡的笑容然後走進浴室裡，關上門，他坐在冰涼的地板上深呼吸一口氣，回想自己說的海豚故事，低下頭，心裡油然生起恐懼的念頭，最近情緒越來越不穩定，已經很久沒有想起當年在飯店裡燒炭的往事了……旅館老闆娘緊急通知警察，在醫院裡爸媽抱著他痛哭，住進療養院接受心理醫師的治療，定期復健、運動、吃藥、準備大學聯考，這段期間的信件往返成為他和綠蒂之間唯一的聯繫，因為他的情緒尚無法面對人群當然更不用說綠蒂了，後來這條線也被迫中斷，但他始終沒有讓綠蒂知道發生什麼事就這樣消失了，和綠蒂交往後，他漸漸的忘記發作時的感受，而現在卻又浮現出來，他起身轉開冷水潑灑自己，這樣會讓他比較清醒一點，不容易陷在那恐懼的黑暗中，他知道，一旦陷入那黑暗，自己不曉得會做出什麼樣的事情來，他再定下心想想蓓蓓和他今晚的坦白，或許，是蓓蓓讓他真正開始思考愛情這回事了吧。

二〇〇三年／霜降

台北市・陽明山

「綠蒂，晚上排練記得喔，課後我去找妳。」學長說。

「記得帶傘，看天空好像要下雨了。」綠蒂擔心的說。

高三那年綠蒂和維特只有偶爾保持通信聯絡，等到綠蒂考上北部大學時就完全失聯了，她自認不是一個很主動的女孩，有些事情她也並不想勉強，或許維特有什麼事情需要好好沉澱一下，所以才一直沒有和她聯絡，也或許，他找到了心目中理想的對象吧，綠蒂在心中暗暗放棄了，就如同父親在離婚後半年突然驟逝，她的心裡只能默默接受這種放棄的態度，她覺得，人生就是一場大浪，與其對抗只會被沖毀滅頂，所以只能隨波逐流來面對所有挑戰，有時候，**什麼都無所謂也是一種力量**，雖然，還是有很多事情出乎她自己的預料之外。

學長是個像白紙般的大男孩，不太會說話也不懂怎麼表達自己的情感，經常一個人在舞蹈教室戴著耳機不停的練習，技巧雖然沒有問題，不過因為芭蕾是注意整體性的舞蹈，包括情感釋放、臉部表情以及身體肌肉的協調性，在表情方面學長毫無疑問是駑鈍的，因此常常得不到重要的角色，有舞蹈教授乾脆的叫他去談一場戀愛或許會得到很多幫助，他也傻傻的相信了，不過愛這種東西並不是用談的就行，而是得莫名其妙的相遇才行。在那個也是將要下雨的夜晚，綠蒂回舞蹈教室拿手提音響，這時她遇見了學長，一如往常的戴著耳機在練習旋轉，學長甚至沒有發現她的存在，還依然維持有節奏的呼吸聲在律動著，綠蒂沒有移開她的腳步，她被學長的動作給吸引了，她從來沒有看過如此認真無雜念的旋轉，很堅持、很有力度美，在學長發現綠蒂以後已經是停止旋轉後了，他們兩個互相對望了一會兒，學長的內心已經被綠蒂闖入了，他走到綠蒂面前，本想說些什麼話，可是他腦袋卻一片空白，他只將右耳的耳機摘下來拿給綠蒂，綠蒂也很順勢的將耳機戴進她的右耳，是 Bob Marley–Is this love，綠蒂睜大不可思議的眼神。

「你聽 Bob Marley 的音樂練 Tour Chaines？」綠蒂驚訝的問。（Tour Chaines-連續迴旋旋轉）

學長一副做錯事的表情。「啊……對不起，沒想到妳也會芭蕾。」

「哈，的確是會啊，我是你學妹呢，而且你幹嘛道歉啊，我只是覺得很新奇，沒想到這音樂可以搭配芭蕾。」綠蒂忍不住笑出來。

學長搔搔後腦勺。「原來是學妹……」

「雷鬼的音樂總是很有海洋味道。」

他點點頭。「沒錯，從小在海邊長大，很喜歡這類型的音樂，Bob Marley、UB40、Shaggy 等等，不過最近的雷鬼還是有點變質了。」

「不管怎樣，芭蕾舞可沒辦法用這種音樂呀，衝突感太重了。」

「搞不好哪天可以呀。不過妳別說出去我聽雷鬼音樂在練習芭蕾，被教授聽到我就死定了啦。」

「那就看你要付出什麼代價囉。」

學長又再抓抓頭。「真糟糕。」

相處了一陣子，學長很積極追求綠蒂也向她告白，綠蒂覺得跟學長交往是一件很舒服的事情，就像穿到合腳的高跟鞋，雖然舒服，但綠蒂總是覺得缺乏了些熱情，學長太過於安穩，凡事總逆來順受，尤其是遇到發生爭執時，綠蒂總是在第一時間往前擋，相對來說學長就顯得小心翼翼，儘管感情方面綠蒂很被動，但遇到不公平或是委屈的事她還是習慣會跳出來主持正義，不過，這也不太算是什麼致命的缺點，所以兩人平順的交往一年多，一直到這年的秋天才又激起波瀾，那是綠蒂預料不到的事情。

排舞結束，綠蒂坐在系館前的石階梯上啜著維他命C飲料，學長被教授找去辦公室談論畢業舞展的相關事項，所以他要綠蒂在這裡等他一起去吃吃東西。秋天山上的溫度比山下低了將近七、八度，在這裡讀書是不太怕夏天，可是冬天就比較麻煩了，除了宿舍很冷之外，碰到雨季的時候，教室只要一開窗，雲就會整個飄進教室裡造成霧茫茫的一片，再加上文化有許許多多鬼故事，例如往地獄的電梯以及水池女鬼傳說，因此發生不少有趣又嚇人的事件，當然，至今綠蒂也從沒遇過。她靜靜的回想北上求學這兩年，日子比起在高雄那每天吵吵鬧鬧的生活要來得平安順利，除了父親驟逝之外，弟弟也順利在高雄考進理想的高中，母親也即將搬到台北與她相依為命，再等弟弟畢業後三人就可以團聚在一起，學業還算不錯，至少是自己想要走的路，但面對幸福時人總會有些害怕，**比起承受痛苦，用力抓住幸福則需要更大的勇氣**，她不曉得自己還有沒有這樣的勇氣，也不知道什麼時候還會發生像父親突然過世的事情。

深夜裡，維特的笑容會透過莫名的氛圍突然出現在她心中，綠蒂很明白，這一切的安穩都比不上失去維特的遺憾和不甘心，「為什麼他不跟我聯絡呢？是我哪裡做錯了嗎？」她這麼想，有時候，她也會覺得是不是自己太輕易的放棄了才會導致這樣的結果，但，愛情不是雙方都要經營才能有成果嗎？是他先失聯的，我又有什麼辦法呢？但再仔細想想，維特和自己之間是否有愛情的成分在都是個疑問，而學長與自己的愛情不也是建築在學長單方面的主動追求嗎，是自己對維特太自作多情吧，她耳機裡輕輕播放著 Cat Power-The greatest，風像看不見的手推動落葉，樹影婆娑，輕柔的音樂讓她感到有些寒，身體縮進雙手環抱的窩裡更深了些，學長怎麼還沒好呢，幾陣風吹過後就突然靜止下來，樹葉好像看見什麼而停止顫抖，綠蒂感覺到有人將外套覆蓋在她的身上。

「你好慢喔。」綠蒂笑著站起身。

「嗯，對不起，我來晚了。」維特說。

綠蒂從來沒有將自己的眼睛睜得這麼用力過，她驚訝的望著眼前將近三年不見的維特，他感覺起來更成熟了，跟那年情緒低落的他差別很大，渾身散發著蓬勃的生命力，她心中一股酸楚往喉頭衝了上來，那是一點點不甘心，一點點悲傷，一點點憤怒，還有許多的不了解，複雜的情緒逼出了眼淚，她向後退了好幾步。

「你……」綠蒂說不出話來。

「好久不見了。」

維特想要靠近她，但她往後退了幾步

「綠蒂……」

「別……別靠近我。」

「我……」

綠蒂沒有等維特說下一句，她轉身拚了命的奔跑，她也不曉得為什麼要跑然後到底要跑去哪，只覺得非跑不可，她的情緒激動、心跳猛烈，如果不跑，她可能會在維特面前大聲的哭泣，複雜的情緒已經毫無保留的衝往她的臉上了。

「綠蒂！」維特也跟著一起追過來。

綠蒂還是不停的奔跑。

「對不起！妳聽我說！」維特大聲的喊。

綠蒂還是不停的奔跑，跑出了側門進入了職員宿舍區，那裡有許多日式矮房，小小的巷弄間被綠葉叢給分隔出來，平時都非常安靜，幾盞青光色的路燈冷冷的照著，風好像又開始流動了。

「聽我說說話好嗎！」維特用盡力氣大喊，綠蒂才慢下腳步，一時間之才發現自己跑到宿舍區。

綠蒂停止不動，聽著後方維特慢慢接近的腳步聲，心跳也跟著漸層式的放大。

「綠蒂。」維特已經站在她的身後了。

雖然綠蒂期待聽到這幾年來所有的原由，但維特出現了，她突然覺得不想要聽他說些什麼，說些什麼都是多餘的。

「這幾年，我發生了一些事情，其實，我都一直在做心理準備，並不是不想找妳，我也一直有在注意妳的動向，只是……」

綠蒂轉過身，淚水已經掛在眼眶邊緣。「什麼都先不要說。」她將左耳的耳機摘下來遞給維特，維特也很自然的將耳機戴進右耳，Cat Power 唱著 The greatest——

Once I wanted to be the greatest
No wind or waterfall could stop me
And then came the rush of the flood
The stars at night turned you to dust...

學長將愛情藉由音樂傳遞給綠蒂，而綠蒂也做了相同動作，將所有這幾年來對維特的情感都藉由耳機裡的音樂源源不絕傳遞給維特，在那一瞬間，綠蒂心想，如果這一生當中我註定要跟維特走，那麼，我還能夠再承受幾次這樣的分離?每次的分離後相遇，我還有勇氣往維特身上撲去嗎?經過這麼一次分離，我沒有剩下多少力氣了。

耳邊的夜風颯颯，孤獨的車燈在山路間穿梭，經過了第一停車場再往上爬，彎曲的山路瀰漫著淡淡的霧氣，那霧氣在路燈的照射之下看起來好像沒有盡頭的金色森林，維特將手覆蓋在綠蒂抱住他的手上，一隻手將油門轉得更深，好像深怕綠蒂掉進這迷霧中一樣。綠蒂沒有回應學長的好幾通電話以及簡訊就好像逃避似的坐上維特的摩托車，兩個人沒有目的地的一直往山上騎，這一路，綠蒂只想抱他、聞他的氣味，這讓綠蒂簡直就要對自己產生厭惡感，覺得自己怎麼可以做這種事，好像之前這麼容易就放棄去聯絡維特全都是假象、全都是逞強，自己根本就是在等待這一刻來臨，等待維特降臨在她的世界裡，綠蒂心裡非常矛盾，但她還是習慣性故作鎮定，這種有時候很衝動的在乎一個人，有時候又經常假裝不在乎的個性讓她自己也很頭痛。

騎了將近半個鐘頭，他們爬到了大屯山的主峰，維特也不知道怎麼騎上來的，就是一股腦的往更高的地方騎上去，一直到無法再高的地方，兩人站在木造平台往下眺望，原以為山腰間的霧氣也會圍繞在山頭，沒想到山頭的空氣異常清晰，夜空繁星如畫，底下的夜景像銀河般簡直就要刺痛他們的雙眼，雷達站那邊傳來幾聲狗吠，但那吠聲簡直就像是從別的世界傳來似的遙遠，平日的深夜這裡一個人都沒有，寂靜且空曠簡直像是末日，而他們在末日底下逃亡，*我們是為了更接近些什麼於是逃亡嗎？*那接下來我們又能逃到哪裡去呢？綠蒂此時突然想到學長而感到有些沮喪。他們有段時間一直靜靜望著夜景什麼也不說，但那沉默又有點不同，與其說是沉默，倒不如是說兩個人都努力的想要傳達些什麼給對方，透過風、透過夜景、透過草擺動的聲音，只是沒辦法透過自己的聲音。

「綠蒂，妳看看。」維特轉過身來。

「看什麼？」

「我也會轉了喔。」維特擺了一個有點彆扭的芭蕾姿勢，然後沒頭沒腦的轉起來，動作令綠蒂不禁大笑，氣氛稍微緩和了些。

「腳尖沒有頂起，腳背也不直，腿也根本沒有彎啊，最重要的重心也沒抓穩，零分！」

「我可是暗地裡學了很久耶，妳真的很嚴格，將來一定是一個壞老師。」

「亂講！」綠蒂想要向前伸手拍打維特，但卻被木板的縫隙絆倒，維特雙手向前及時接住她。

這樣的動作持續了三秒鐘就結束，然後他們放開手又是一陣尷尬，不過僵硬的氣氛已經完美的解開了。

「在大學裡過得還好嗎？」維特問。

「不怎麼好，也不怎麼壞，大學都差不多那樣吧，你呢？大學有好好讀嗎？怎麼有時間上來台北。」

維特停頓了一下。

「我想要把這幾年的事情完整告訴妳，不過我現在還不曉得該從哪一點說起。」

「你要說的是你消失的原因嗎？」

「也許是，也許不是。」維特又沉默了一下，深呼吸幾口氣。「一年前，有一個非常要好的朋友突然自殺，本來我以為我沒事，但漸漸地，發覺自己有點被影響到了，每天的心情就像聽到噩耗那天般慌張，而且久久無法平復下來，過了一陣子開始出現食慾不振、失眠的狀況，於是我開始吞安眠藥才能入睡，在高雄讀的大學也十分糟糕，所以乾脆就先休學了，休養半年以後，我進飯店實習，做自己想要的工作忙碌忙碌比較不會像在學校裡讓我想這麼多，不過沒想到工作比預期來得忙許多，所以就一直遲遲沒有主動找妳，後來我調到北部來實習了，所以想想這也是個好機會。」

「休學?!」綠蒂心裡不解。「好不容易考上國立大學竟然這麼輕易放棄了，那以後怎麼辦呢?憑高中學歷要怎麼找工作呢?就算是好朋友過世也是要振作啊。」

維特有些訝異綠蒂這樣認真的駁斥他。「我知道，但我想想這樣做對我來說是好的，工作以後我的確身心都獲得解放，這樣我也能獨立的賺錢減輕家裡的負擔，而且飯店有很好的升遷管道，所以不用太擔心。」

綠蒂嘆了口氣，知道自己好像太心急了點，但又還沒到道歉的程度所以作罷。

「那你不用當兵嗎？」

「不瞞妳說，我有隱疾所以不用當兵。」

綠蒂嚇了一跳。「真的假的！什麼隱疾？」

「由於長相過於帥氣，所以經由榮總將近十位醫生的認定過後，確認我不用去當兵啦。」

「你果然恢復正常，說謊連口氣都不喘一下，臭維特！」綠蒂用力打了維特一下。「說真的啦！所以你還是要去當兵是吧。」

「是真的不用當兵啦，只是，我的隱疾是青蛙腿，就是沒辦法蛙跳或是蹲下，一蹲就往後翻倒，所以只需當十二天的國民兵，下個月就要去服役了，唉，其實我也很想報效國家的啦。」

「爛透了耶，真的，虧你以前還是籃球隊隊長，這真的是太誇張了。」

「根據我的經驗，籃球好像不是蹲著打的。」

「哈哈。」綠蒂噗哧的笑出來，同時，她也發覺自己很久沒這麼開懷笑了。

「綠蒂，對不起，這幾年這樣無聲無息的消失，我很抱歉。」

「是該打屁股了。」

「喏，別客氣。」維特將綠蒂的手抓向他的臀部。

「去死啦。」綠蒂大叫。

綠蒂一個重心不穩，兩人貼身的靠在一起，動作都顯得有點猶豫，維特慢慢的湊近綠蒂，綠蒂心頭一驚，右手反射性的抬起來擋住他保持一個適當的距離。

「你……對我這幾年發生了什麼事不感興趣嗎？」綠蒂問。

「我想我大概知道喔。」

「大概知道？」

「妳啊，正在跟一個有婦之夫交往，是個很體貼的男人，妳非常喜歡他的才華以及許多有靈性的天分，但更要命的是，他有一套非常厲害的按摩術，能在妳跳舞跳累回家時給妳來個清涼舒爽的按摩，按完以後，妳簡直就像漫步在法國酒莊的雲端上一樣，跟他在一起也總是很開心，但是最近……」維特暗自竊笑的偷看綠蒂。

「最近怎樣？」綠蒂雙手交叉一副即將要生氣的模樣，心想，你再掰啊！

「最近性生活有點不美滿，有點……太快了，所以妳現在看到我後心裡有點掙扎。」

「掙扎什麼鬼啦，你這個大變態！臭維特！」綠蒂叫得更大聲，不斷追打拚命求饒的維特。

綠蒂突然有種鬆口氣的感覺，比起高中那次見面的維特，現在的他生命力旺盛多了，綠蒂轉過身用手掌抓了抓看不見的風流，深呼吸幾口沁人心脾的空氣。

「不過，維特，我覺得你不一樣了，看到你這麼有活力，我滿放心的。」

「我也發生了很多事情呀。」維特伸了伸背脊。

「好朋友過世的那段日子嗎？」

「不只那件事，不過，就好像一夜長大一樣啊，咦！這麼高的地方也有這個。」維特好像發現什麼似的蹲下身，他起來後手中拿著一朵黃白小雛菊，他將小雛菊插在綠蒂右側的髮鬢上。

「幹嘛啦。」綠蒂有些不好意思。

「很適合妳。」

「會嗎？」綠蒂很快將雛菊拿下來把玩，她不太喜歡在頭髮上有什麼裝飾，總覺得看不見的東西有點無法掌控，無法掌控的事使她緊張。她抬頭遠眺，看見遠方的雲在群聚，風吹拂那些團塊像海面上的大船一樣移動著，她突然有點懷念西子灣。

「綠蒂，妳覺得這世界上有什麼東西是不會失去的嗎？」

綠蒂沉默了一會，以非常認真的口吻說：「時間本身就不會失去。」

「漂亮！妳好聰明。」

「為什麼要這麼問？」

「沒有為什麼呀，只是在思考一些事情，我經常會想像那個畫面，那是個很美的早晨，妳從我面前走過來，兩人相遇，接著，我們曾經緊緊相連的心就這麼相擦而過，那瞬間有像打火石一般的火花，但隨即就滅了，我對妳說一聲：嗨！妳也對我說一聲：嗨！然後擦身而過，誰也沒有回頭看，也沒有佇足，就這麼往自己的世界走進去。」

「這樣未免太哀傷了。」綠蒂嘆口氣。

「所以，我想跟妳走在同一個方向。」

「同一個方向？」

「我想，我們有可能走不同的路，擁有不同的想法，可是最後還是朝著同樣的目標前進，就像不管我的山路多崎嶇，妳的巷弄多複雜，可是我們都朝著海洋前進。」

「那，海洋裡會看見什麼呢？」

「妳希望看見什麼？」

「如果可以，希望是海豚。」

「為什麼？」

「**我想要的是陪伴……**你知道嗎，成群的海豚會建立起很強的社會關係，有研究指出，海豚會陪伴在受傷或生病的個體身邊，照顧牠甚至幫助牠浮出水面用氣孔呼吸，海豚絕不會丟下自己的同伴不管，比起骯髒的人類來說，海豚可愛多了，也真實多了。」

「陪伴。」維特認真的重複這兩個字。

「我所在乎的是真正的陪伴，與其談愛與不愛，陪伴在一旁的身體溫度抵過千言萬語，不是嗎？」

維特深呼吸了一口氣。似乎真的快要下雨了。「如果可以，我們一起當個海豚夥伴吧。」

「那……我要當一隻白色的海豚。」

「沒問題！」

維特挨近綠蒂，陣陣秋風窸窣地親吻山區芒草，那聲響將兩人的背影變得好渺小，有一種想要逃避的感覺，此刻，天空飄下柔軟的雨水，綠蒂雖然表情平靜，但她的心中有千百萬個思緒正糾結交錯著。

「我有個男朋友。」綠蒂脫口而出。

「嗯……大概猜得出來。」維特的表情似乎夾在不怎麼驚訝和有點無奈之間，或許還包含倔強。

「我——」

「雨變大了，我載妳回家吧。」維特打斷綠蒂的話，兩人之間填入一大段空白，綠蒂有點後悔說出口的話，但又覺得不得不說，此時，雨聲迴盪在朦朧的山路以及兩人的心裡。

台北縣．淡水

那一晚，維特又和綠蒂分開將近一週的時間，維特從山丘望下去，淡水河波光瀲灩，觀音山像森林深處準備冬眠的溫和瑞獸，靜靜的躺臥在出海口，隨著深秋來臨，樹的葉子變了顏色，草也枯黃了，一切都好像為了走入冬季做準備，不過對維特來說，秋季總是漫長而煎熬，他已經記不清楚生命中有多少事情發生都剛好是在秋天了。下午，維特一個人待在飯店二樓的咖啡廳面向偌大的玻璃窗，牆角落的音樂正輕輕的放著納京高的音樂，維特突然想起那年與綠蒂看的那場電影《花樣年華》以及當時所發生的事，腦袋因此而陷入有點危險的沉思，那晚以輕鬆的方式來帶過就是怕自己情緒波動太大，結果載綠蒂回到校園的路上他腦中的線緊繃得就快要斷裂，其實早在一開始他就能夠感覺到綠蒂有什麼地方不對勁，只是他無法也不能夠去揣測，不想去問太多或是戳破什麼，不是因為他的個性問題，而是有關心理治療師對他耳提面命的事。

「你現在恢復得很好，我想正常生活不太算是問題，而且，依我聽你講述工作上的事感覺也適應得不錯，接下來，你要做的事就是盡量用行動力支配身體，不要讓腦袋空轉，腦袋所想的事情盡量都坦白講出來或是用身體的動作做出來，如果講不出來，可以試著用故事暗喻的方法來講，就像我之前教你的一樣，說故事，對，說故事，但不要去懷疑、猜忌或是做無謂的揣測，也不要獨自在封閉的空間裡想事情，尤其是想你在乎的人事物，這樣對你的壓力沒有減輕的幫助。

「要知道，你情緒的負荷能力比一般人要低很多，但你千萬要記得，這不是不正常，而是體質不同而已，這樣想的話，只需要好好保護自己的腦袋就行了，我知道這很難，不過你一定要努力，你很聰明，以前你就是老將你人格的背反性展示出來，**天才的心靈是天使但也容易產生魔鬼**，矛盾造成你的人格邊緣化，現在，你也要利用你的聰明，將身邊所有人事物盡量簡化，好嗎？我相信你一定做得到。」

好好保護自己的腦袋……維特低頭不斷重複這句話，感覺自己的腦中分裂為好幾塊，一個緊靠綠蒂看見遠方愛情的美好，一個是自己可能無法再縱身跳入愛情中的哀傷，還有一個就是綠蒂身邊的那個他，他嘆了口氣揉揉太陽穴兩側，每次單獨沉思的時候都像走進黑色漩渦當中，嚴重的時候視線的窗框都會扭曲，然後思緒就被黑暗給吞沒而開始恍神起來，他記得最嚴重的那次沉思，一回神後才發現自己已經站在療養院的頂樓，經過那次事件他還被禁止自由行動好幾天，他起身走到戶外吸了口秋天特有的氣味。

接近傍晚，綠蒂無預警的出現在淡水，「我已經在淡水捷運站了。」電話一接通綠蒂只是這樣說著，維特二話不說馬上趕到捷運站，她肩揹著一個類似旅行袋的卡其色包包，神情有些落寞，眼皮有些浮腫好像剛哭過那樣，而且依照現在的氣溫，綠蒂只穿了長袖薄T恤和運動長褲顯然很不足，頭戴著寫有California的白色棒球帽雙手交叉瑟縮在磚柱旁，好像是趕著出門而隨意綁起馬尾的髮隨著風蒼蒼浮起，維特將摩托車裡的風衣拿起來給她穿上，本來維特想先載綠蒂回到他的住處，但綠蒂的情緒看起來的確不穩，所以維特就帶她來到淡江中學，這也是他固定早起的慢跑區域。從入口走進去，門房警衛從小房間出來關心了一下，不過並沒發現什麼問題於是放行了，他們慢慢沿著林蔭小徑走一陣子，然後轉進半圓拱式的長廊，陽光已經斜到另一邊去了，剩餘的光線映照在左方八角塔樓牆上，使得塔樓的古典拜占庭氣息強烈的散發出來，耳朵旁彷彿就要聽見詩歌吟唱的聲音了，塔樓前椰林草地上靜靜躺著三兩叢已枯萎的整株椰葉，以前在高雄校園內到了冬天經常要清理這種椰葉，幾個男孩合力拖著又重又長的椰葉，一邊還對女孩們微笑的年代好像已經離開很久了。他們兩人在長廊的某處台階旁坐了下來，靜靜的望著那塔樓，維特將視線轉到綠蒂的側臉，他雖然不敢多加猜測什麼，但心裡還是不斷的反覆推演，綠蒂怎麼了呢？我又該跟她說些什麼嗎？……等等，腦袋隱隱作疼。

「維特……」綠蒂深呼吸了一下。「你會不會覺得我是個任性的女孩？」

「那要看哪方面來說。」

「怎麼說？」

「如果是以個性獨立來說，妳的確是很任性的發揮了呀，一個人旅行，一個人北上求學，家裡的事情妳也處理得很好精力十足，感覺好像什麼事都可以一個人解決。」

「才沒有。」綠蒂的眼睫毛彷彿含羞草般向下垂。「我什麼事都處理不好。」

看著綠蒂失望的表情，維特的胸部頓時覺得呼吸困難。兩人有短暫的沉默，幾隻烏鴉降落在草地上尋找食物，蹦跳了一陣子似乎沒什麼成果，於是就面無表情的展翅高飛，四周安靜得連拍翅聲都聽得很清楚。

「我的出現，是不是把妳的生活都搞砸了？」維特使了很大的力氣才開口。

「我們彼此一點也不熟悉吧？」綠蒂反問，不過這問題讓維特楞住。「雖然你說我們要走同一個方向，但我卻覺得我們好像一直維持著一種逃亡關係，從莫名其妙的地方逃了出來，然後又不知道要逃到哪個莫名其妙的地方去，不斷的就是逃、逃、逃，簡直就像一九四九年國軍大撤退一樣，路上我們沒有一起看風景、沒有一起玩遊戲、沒有一起說故事，甚至連對方的臉都很少注意到，逃到筋疲力竭，逃到什麼都接近不了，最後……」綠蒂的眼神無力的望向遠方。

「最後還是失散了。」

維特感覺她說這句話的時候好像就要永遠離開了，那樣若即若離的氛圍讓他越來越緊繃，彷彿自己就真的要搞砸一切，他雙手握緊到發疼的程度，失去了自信，不斷反問自己到底能給綠蒂什麼，一廂情願的消失又出現在人家面前，自己什麼都沒有準備好吧，可是，愛情是需要準備的嗎？維特眼前已經漸漸模糊，完了，開始有點恍神……怎麼辦……心裡像麻花繩一般絞緊著。

「對不起，先生！能幫我跟我男友拍一張照片嗎？」一個大概只有高中年紀的女孩打破沉默。

「喔。好！」維特站起來幫他們在八角塔前拍了幾張照片，女孩身形很嬌小，身旁的男孩髮型很酷，維特只能注意到這裡，因為他的心思都還在身後的綠蒂身上，不過至少讓他喘了口氣。

「這張有點模糊了，可以再幫我們拍一張嗎？」女孩蹦蹦跳跳像兔子似的跑來維特面前查看數位相機裡的照片。

「蓓蓓！不要再麻煩人家了，走了啦。」酷髮型男孩有點不耐煩的叫著。

「好不容易才來的，再一張啦。」蓓蓓大聲喊回去。

維特又再幫他們拍了幾張。酷髮型男孩依然很酷，這個名叫蓓蓓的女孩笑得很開，笑容讓維特心裡舒緩一些。

「謝謝。」蓓蓓拿回相機。「幫我跟你女友道謝。」

「不客氣，我會的。」

「她看起來不太好喔，你不要欺負女生喔。」蓓蓓湊到維特耳邊說。

「怎麼會。」

名叫蓓蓓的女孩幾乎是用奔跑的衝向已走一段距離的酷髮型男孩，還跳上他的背一陣搖搖晃晃離去。

「他們看起來很幸福。」綠蒂淡淡的說然後起身踏進草地裡。

「是啊，應該是吧。」應該是吧，維特心想。

「那女孩讓我想起柯碧莉亞（Coppelia）。」

「柯碧莉亞？」

「芭蕾舞劇。」

「有故事的嗎？」

「嗯。柯碧莉亞是一個被手藝精巧的老木匠所製造出來的木偶，因為製造得太完美了，路過的人們都以為她是真人，以為她就真的是個美少女坐在師傅家二樓窗戶邊聚精會神的閱讀，男主角法蘭茲甚至還深深迷戀上她，他的未婚妻 Swanilda 因此備受威脅，後來她趁老木匠外出時潛入屋內一探究竟，結果沒想到大家迷戀的女人原來是一只木偶，此時，老木匠帶著法蘭茲回到屋內，Swanilda 沒有機會逃出去只好先躲起來，法蘭茲苦苦哀求希望見柯碧莉亞一面，但殊不知Swanilda早已經換上柯碧莉亞的衣服，假裝聽老木匠的指令，跳了很多異國風情的舞蹈，盡情的玩弄老木匠還把工作室鬧得天翻地覆，帶著法蘭茲逃之夭夭，法蘭茲也不禁嘲諷自己竟然喜歡一個木偶，最後，他們在村內的廣場接受村民們的祝福結婚，男男女女跳著祝福之舞，總之，是一個很歡樂的舞劇，如果……我也有像那個小女孩的表情，或許我就能跳柯碧莉亞了吧……」

綠蒂神情落寞。

「為什麼不行呢？」

「教授說我的情感太過於扁平了，芭蕾是一種很需要用到臉部表情以及肢體動作的舞蹈，可是我總是被說情緒不夠豐富，雖然技巧上沒什麼問題，但還是無法獲得一個重要角色，唉……我什麼時候才能夠獨舞呢？」綠蒂捏了捏左小腿。

「一定可以的，只是時間還沒到。」

綠蒂向後靠躺在柱腳，一雙小腿伸得筆直，身體向前躬像迴紋針一般做壓腿動作，然後持續的按摩她的小腿和大腿。

「我覺得好累。」綠蒂說。

「我來幫妳吧。」

「不用了。」綠蒂有點吃驚。

「我堅持。」

維特坐下來將她的小腿放到自己的大腿上輕輕揉著。

謝謝，綠蒂說。

隔著運動長褲維特第一次觸碰到綠蒂的腿，甫接觸，他就能感覺到這雙腿肌肉線條分明，柔軟中帶有緊實，他甚至能想像這雙腿流過多少汗水，在練習時受過多少傷，抽筋、拉傷、撞傷、瘀血、肌腱發炎等等，他想像綠蒂跌倒後又努力爬起來繼續跳的模樣，光是按摩這個動作，眼前的綠蒂就偉大起來了。

「你按摩的技巧很高明唷。」綠蒂說。

「怎麼會，我第一次幫女生按摩呢，可能是妳的小腿跟我的手掌很合吧，就像小叮噹和大雄一樣。」

綠蒂笑了。「少來。」

「他應該常常幫妳按摩吧？」維特問。他還是想試著走進有點尖銳的話題。

「他？」綠蒂先是有點疑惑，不過那疑惑很快就消除了。「嗯……他在體貼這方面的確不會輸給別人，但，我跟他怎麼說呢，唉……我們只是在對的時間相遇，感情來的時候擋也無法擋，就隨著那洪流沖瀉而下形成的戀人罷了。」

「能夠感覺到幸福就好了。」

綠蒂輕輕搖頭，髮絲飄了起來。「我不知道，對你而言，幸福到底是什麼呢？」

維特低著頭聳聳肩。「我也不知道，可能我並沒有認真看待這件事情，不，應該說以為那種程度就算是認真了，回頭想想我所遇見過的女孩們，她們總是很快就喜歡上我跟我告白，的確，對我來說，要得到她們的愛慕好像是一件簡單的事，多花一些時間用言語以及行動來取悅女孩，並不困難，但是我從未感覺到幸福，因為，她們喜歡的並不是真正的我，而真正的我在我心中又分裂成好幾個，我也不敢斷言哪一個才是，所以，有時候一切都好混亂……」

綠蒂伸出手將手掌覆蓋在維特的頭上，那溫熱傳遞到維特的心中。

「對不起，說了很多奇怪的話。」

「繼續說啊，我就想聽你說奇怪的話。」

「謝謝妳，不過，我想表達的，還是跟我的話語差了一段距離，妳不覺得嗎，**心意和話語就好像兩個南北極放同邊的磁鐵**，只要一靠近彼此就會推彈得好遠，當然，也會有極渺小的 moment 會突然轉向，心意和話語緊緊相吸在一起，我總是在等那一刻，或許到了那個 moment 我就會覺得很幸福吧。」

「意思就是說，太容易違背自己的心意了嗎？」

維特點點頭。「有時候是心意違背話語，有時候是話語違背心意。」

「那這樣，我以後還能不能相信你所說的話呢？」

「我盡量不取悅妳，這樣應該可以盡量保持真實吧。」

「才不要呢，哪有女孩不喜歡被取悅的。」

「這樣就要用騙的啦。」

「不行！」綠蒂大聲的說。「其他人我才不管，但我想要真真實實的維特，如果你為了要討我開心而騙我，對我才是真正的傷害喔，雖然，真相往往伴隨著傷痕，我寧願知道事實的面貌而痛，也不願活在虛假的玻璃盒裡笑，你懂嗎？」

維特點點頭，可是心裡想的卻是過去那些難以啟齒的事情，像自殺的事、住療養院的事，他想，自己在第一時間已經欺騙了綠蒂，可是為了兩人好，他怎麼也無法把這些事說出口，綠蒂說得對，真相往往伴隨著傷痕，可是維特心裡認為，除了傷痕之外真相還會毀了一段關係。

「那我說今天的第一句實話，妳絕對可以跳柯碧莉亞。」

「謝謝。」綠蒂想了想。「厚！那你意思是今天除了這句話其他都是假的囉，臭維特！」她拍打了維特一下。

維特大笑。「妳再打我，我就不幫妳按摩了喔。」

「誰稀罕！」

兩人嘻笑之際，突然有靈巧的鋼琴聲隨著風飄揚過來，那聲音聽起來雖然像隔了幾層紗似的模糊，可是感覺起來並不算太遠，維特起身想循著那鋼琴聲走去，綠蒂拉著維特的衣角靜靜的跟隨著，時不時還四下張望一番，他們像童話糖果屋的兄妹在迷宮校園內探險尋找專屬於兩人的甜蜜，樹影和屋影錯落在牆面，那被映照了一下午的紅磚牆透著微微的熱度，在黑夜來臨之前，或許那熱度會一直特續著吧，維特希望找到能與綠蒂一起聆聽的琴聲。

後來在一間木造琴房找到了那聲音的起源，他們從八格玻璃窗的一小角往裡偷瞧，是一個男孩在彈鋼琴，女孩則是依傍在幾乎兩層樓高的書牆旁靜靜的聆聽，兩人都穿著輕便的衣著，大概是這個學校的學生吧，女孩深情的眼神從來沒有從男孩的身上離開過，男孩閉著眼很用心的彈著貝多芬——月光奏鳴曲，能感覺到他試圖傳遞些什麼給身後的女孩，這一幕，是愛情的開端，維特這麼感覺。

「你懷念西子灣嗎？」綠蒂問。

「怎麼了嗎？」

「沒有，只是想問問。」

「我每天都很懷念。」

「我也是。」

「沒有任何一個地方比那天下午的西子灣還要美。」

「我能相信你說的話嗎？」

琴聲在很美麗的狀態下結束，男孩站了起來轉身往女孩走去，他靠近，他伸出手擁抱她，她有點驚嚇，她沒有堅持，女孩閉上了眼，男孩閉上了眼，綠蒂蹲下避開接下來發生的畫面，維特也跟著蹲下來，兩人都漲紅著臉，幾乎可以聽到彼此的心跳聲，維特勾著綠蒂的手臂將她引到自己身邊，接著，椰樹發出沙沙的聲響，草皮上有些已經枯黃，還沒倒下的小草迎風發顫，維特已經克制不住心中湧起的強大慾望，他吻著她，就像琴房裡的男孩吻著女孩，綠蒂的嘴唇有些顫抖，從尖挺的鼻子裡透出帶著渴求的熱氣，他們分不開彼此，好像為了要彌補這幾年的失散而緊緊的吻著。

維特這一刻了解所謂的逃亡是什麼了，似乎有什麼一直在追趕著他們兩人，是時間、是環境、是命運，他們只能把握當下，就是現在這一刻，貪求著對方不斷傳遞而來的溫柔，那樣激烈的吻，是維特從來沒有遇過，他也相信，以後也不可能再遇到這樣的吻，為了等這一刻到來，我們到底失去了些什麼呢？但維特根本沒有空間去思考這件事，他正緊抱著綠蒂，這活生生、熱呼呼的身體，他甚至心中湧起感激之心，感謝上蒼讓他活下來，他細心的回味這個時刻，這樣的深吻持續到下一段琴聲開始時，是布拉姆斯的圓舞曲，綠蒂塞進維特的懷中，緊緊抱著，他們需要喘息，這樣的深吻讓兩人都有了短暫暈眩。

「你還沒回答我，我真的可以相信你嗎？」

維特點點頭。「其實，已經有比西子灣還要更美的時刻了，就是現在。」

綠蒂聽了以後卻哽咽的掉下淚，但那卻不含感動的成分，而是大量的悲傷湧入。

「怎麼了？到底發生什麼事？」維特安撫的問道。

「維特……我來找你並不是想尋求慰藉，也不是想要什麼承諾，只因為我從來沒有如此矛盾過……」

「我聽妳說，妳慢慢說沒關係。」

「我……我覺得走投無路了，我想要確認一些事情，但是在確認之前我卻做了蠢事，我傷害了他，然而成為感情劊子手的我卻出現在你的面前，還跟你緊緊的擁抱在一起，我真的覺得我是個很糟糕的女孩子，我不敢相信我竟然做了這種事情，我甚至會想，那下次我會不會也這樣對待你，學長他真的很好，他沒有錯，可是我卻硬生生的將我們的感情撕開了。」

「你們分開了？」維特吃了一驚。

綠蒂點點頭。

「唉。」維特低下頭嘆氣，他想要說聲對不起但又覺得不適合，只好沉默不語，但他心裡很篤定是自己的出現讓綠蒂這樣矛盾痛苦，雖然聽到他們分開有點鬆口氣，但還是帶有一定程度的罪惡感，可是，喜歡對方又為何需要有什麼罪惡感呢？

「提出分手後，我就一直逃避他，我真的傷害他很深，可是在這段時間後我又不斷的想起你，我這個人真的很糟糕。」綠蒂嘆了一大口氣。「這樣的我，你還會喜歡嗎？」

「這不算是個問題。」維特說。

「為什麼？」

「或許我會覺得有點罪惡，畢竟，是我的出現讓妳產生搖擺的吧，但，『我喜歡妳』這四個字，從來就跟妳沒有關係呀，所以我才會說不算是個問題，喜歡妳是我的事情嘛，又何必在乎妳發生了什麼事情，難道妳發生了我討厭的事情，我就不再喜歡妳了嗎？那這樣的感情也未免太廉價、太不負責任了，如果一個人喜不喜歡誰，都需要聽對方的故事、看對方做了什麼、讓對方來決定的話，那愛根本不存在，傷痛也不存在了。」

綠蒂擦了擦淚水。「你是為了想要取悅我才這麼說的嗎？」

「或許喔。」維特說。

綠蒂笑了。「那可真達到目的了。」

維特也笑了，可是他心裡非常肯定這句話是實話。他們倚靠在磚牆旁休息了一會兒，夜來得很快，他們都還沒有注意到的情況下，四周已經亮起幾盞昏黃的路燈，門房警衛閃現著手電筒的燈光四處巡視，這裡只開放到晚上六點，維特拉著綠蒂的手偷偷的逃出校園，逃亡雖然有一定程度的悲傷，但現在在兩人心中也變成一種趣味。

「什麼時候讓妳決定跟他分手的呀？」摩托車上維特朝著身後的綠蒂說道。

「不告訴你。」綠蒂說。

「什麼？」風呼呼的吹著。

「我說不告訴你啦。」

「說嘛。」

「**在你替我披上外套時，已經拿走我的心了。**」綠蒂說。

「什麼？妳說什麼呀？」

「我沒有說話呀。」

「真的嗎？」

「維特維特。」

「怎麼了？」

「我喜歡你喔。」綠蒂稍微放大音量。

摩托車的後車燈閃現亮麗的紅在巷弄間穿梭，夜幕降臨在淡水河面上，八里左岸以及淡水右岸早早亮起如星辰般的火光，海面的藍色公路上不斷有遊艇移動，在這出海口的小城鎮一如往常活絡著，而坐在後座的綠蒂環抱著維特，他感覺到她的側臉緊貼在他的背上，就像要融化一般緊緊貼合在一起，路好像無止境般延伸，接下來，又要逃亡到哪裡去呢？不管怎樣，這樣相依為命的感覺讓維特心裡充滿著暖意，綠蒂越抱越緊了，像是即將要迎接戀愛風暴般的牢牢擁抱。

一切都值得了。維特這麼想。

二〇〇九年／立冬

台北・天母

下午教完課就沒有其他的事要做了，綠蒂一個人坐在位於天母圓環附近的咖啡簡餐店二樓啜著不加糖的冰拿鐵，望著中山北路七段這段斜坡上的落葉以及來來去去的行人發楞，有個金髮男人穿著短褲牽著大麥町慢跑，這段斜坡讓他覺得吃力，一個短裙女人踩著匕首般高的高跟鞋從金髮男人身旁叩叩走過，金髮男人停下腳步回首望著這女人直到她消失街角，有趣的畫面讓綠蒂不禁莞爾。這幾天的天空都被厚重的灰雲給籠罩，雨好像要下不下的有點令人煩躁。

一個月又過去了，綠蒂還在煩惱該如何回應Ben的請求，其實她並不是不想去東京，能在忙碌的工作生涯裡去國外充電一下也算是不錯的選擇，這樣或許也能加快忘掉維特的速度，會有諸多考慮是因為她對Ben的過去實在了解得不夠多，她打從心底是喜歡 Ben 的，雖然那樣的情感並沒有到激情烈愛，但是也保有一定的溫度，去與不去的選擇題只是落在無法捉摸的未來，因為對綠蒂來說，她已經沒有辦法像之前那樣橫衝直撞了，因為了解自己衝撞後的結果，所以更導致裹足不前。

她托著腮嘆了口氣望著大片玻璃窗反射的自己的面容，突然之間有點不太認識自己了，她觸摸自己的臉頰、鼻尖、嘴唇、脖頸，她覺得，**人是不是在深度了解自我以後卻離自我更遠了**，她有點懷念那個揹起背包說走就走的自己，那個毅然決然離開男友去找維特尋求愛情的自己，而那個自己在離開維特之後卻有些轉變，綠蒂啊綠蒂，什麼時候開始了這麼多矛盾的，她在心裡對自己說。

「請問，妳是綠蒂嗎？」一個陌生卻帶有點似曾相識的臉龐出現在身後。

「喔，我是，妳就是蓓蓓吧？」綠蒂說。

「我可以坐嗎？」

「請坐吧。」

兩個星期之前，綠蒂接到蓓蓓的電話說是想針對維特的事情聊一聊，綠蒂切斷與維特的任何能夠聯絡的機會，手機不接、簡訊不回就連外出都盡量避開維特會出現的地方，與其說因為想讓維特死心而躲開他，倒不如說是因為無法預測自己再面對維特時的心情起伏而逃避他，然而為什麼會答應蓓蓓跟她聊聊維特的事，綠蒂自己也不清楚，也許是好奇，也許還帶著一點點不甘心吧，蓓蓓一坐下來，綠蒂就覺得這女孩眼熟，甚至，蓓蓓散發出的青春光彩和可愛的外表讓綠蒂產生一絲絲的妒忌和防衛心。

「不好意思，我知道這樣找妳出來有點怪怪的，但我還是想跟妳見個面聊聊。」

「這倒無所謂，反正我今天剛好也沒課了，只是，我比較好奇的是為什麼妳知道我的電話號碼？」

「那天他喝醉，手機裡還殘留著要傳給妳的簡訊，所以我就把妳的號碼記了下來。」

「他總是喝醉。」綠蒂將頭撇向一邊，可是心卻被刺得一陣一陣酸，這句話所勾勒出來的畫面馬上就在綠蒂腦海中浮現，維特喝醉，蓓蓓躺在他的懷中，他們接吻、他們擁抱、他們……God！綠蒂在心裡喊著，我幹嘛要自討苦吃在這邊聽她講這些？而維特又想要傳給我什麼訊息呢？

「不，他不常喝醉，是因為妳的事情讓他醉得特別快。」

「我的事情？」

蓓蓓的話惹得綠蒂有點不高興，本來她想說他們兩個已經分手，但在這個情況下卻又築起了女人直覺式的防衛牆，心裡有一種『妳又懂維特什麼了』的感覺，她決定不說靜觀其變。

「妳聽著，我不知道妳想聊維特的什麼事，我跟維特之間是存在著一些問題，不過這也是我跟他的事，我想不應該讓妳這個陌生人介入吧，就算是因為我讓他醉得特別快，so what？」

綠蒂的一席話讓蓓蓓顯得有些受驚，雙手交握不停的搓動，眼神也飄忽起來，到底還是小孩子一個，綠蒂心想。

蓓蓓深呼吸一口氣。「對不起，雖然我還不太曉得你們之間到底怎麼了，但我知道他的確一直在等待妳的消息，可是卻又等不到，所以一再的失望——」

綠蒂打斷她的話。「那又怎麼樣？妳這麼替他著想，這麼關心他，奇怪了，我都還沒先問妳到底跟維特是什麼關係呢，妳反而先怪起我來了？」

只見蓓蓓緊張握著馬克杯，杯中的熱紅茶都溢了出來，綠蒂心中有股優越感，不過很快的這股優越感又被悲哀給取代，因為她已經表態出她還是維特的正式女友，蓓蓓一定覺得她妒火中燒吧，這實在不是她想要的，可是卻又本能性的做些這樣的防衛態勢，她自己也覺得很不堪，難道自己還無法從維特的氛圍中走出來嗎？

「對不起，我沒有怪妳的意思。」沉默了一陣子，蓓蓓也只低著頭擠出這句話。

綠蒂見蓓蓓態度軟弱後也不忍再相逼，她把手中半杯拿鐵喝光又向服務生點了一杯冰拿鐵，緩和一下自己的情緒，冷靜後她想，眼前這個女孩不只惹人憐愛，而且還會為了喜歡的男生而站出來，現在這個社會能有幾個女孩有這樣的勇氣。

「好了，我自己也有不對，莫名其妙的激動起來，妳別再道歉了，不然事情也沒辦法講下去，妳可不可以先告訴我妳是誰，跟維特什麼關係。」

蓓蓓點點頭。今天這個場合的對談幾乎都是綠蒂在主導。

「我跟維特只是單純的同事關係而已，他從我進飯店後就很照顧我，我非常感激他，他的女人緣很好，雖然他明白的表示他有女朋友了，可是，我敢說全飯店裡的女員工還是都非常喜歡他。」

「我知道他的女人緣很好，全飯店的女員工也包括妳囉？」

「嗯……」蓓蓓覺得有點說錯話而停頓一下。「我想要說的是，大家喜歡他是因為他幽默開朗又不會流於俗氣的表象，但其實沒有一個女孩敢真正的接近他，女孩們要的是體貼溫柔，好的工作和遠景，以及一個單純把她們捧在手掌心上給她們安全感的男人，維特不是這樣的男人，大家都覺得他心中有一個很深沉的無人地帶，誰也到達不了，所以，很多女孩靠近了一陣子就自討沒趣的離開了，但還是會有一點點捨不得，因而跟維特保持著似近似遠的安全距離，在某個地方靜靜看望著維特，女孩們都是這樣的。」

「妳倒真的觀察很仔細。」綠蒂對蓓蓓說的話感到很吃驚，她對維特是認真的吧。

「還有，他跟我說了一個海豚的故事。」

「海豚？」

蓓蓓微微點頭，接下來她將那天維特說的故事一五一十的說給綠蒂聽，聽完以後綠蒂像個化石般動也不動，只是安靜的望著窗外，心中那片平穩的海面好像又再度掀起小小波瀾，她的確想到了一些在大學時的事情，不過已經有點模糊了。

「不知道妳有沒有想起什麼？」蓓蓓說。

「關於海豚的事，倒是有那麼一點點，不過那應該跟這個故事沒有關係。」

「然後，我想讓妳看看這個。」蓓蓓從包包裡拿出筆記本，翻了大約一半後再拿給綠蒂，那是一則大約只有半個手掌大小的舊新聞剪報貼在裡面，是用電腦列印出來的，時間是在二○○○年的八月，已經是九年前了，以報紙的新聞版面來說應該算是一件很小的新聞事件，標題用粗體字寫著：『高雄市一名附中學生燒炭自殺未遂獲救』。綠蒂接著讀約只有三百字的制式新聞內文：

『高雄市一名就讀附中二年級李姓同學在十九號下午企圖在高雄後火車站的一家旅社裡燒炭自殺，幸好旅社老闆娘及時打電話通知警方才未釀成悲劇，老闆娘感嘆地說：「他可能還想活下去，所以打電話到櫃台，這樣我才來得及救人。」警方發現飯店房間裡的窗戶都被新買的膠帶封死，剩下的木炭以及火種都放在同一個塑膠袋裡，而且還特意買了竹籤引開商店老闆的懷疑，顯然已經有自殺的準備，警方後來調查，此男學生的家裡在經營超級市場，家庭背景單純，而且在校成績優秀無不良嗜好，求學過程以及交友也都很順利，找不到任何自殺的動機，在現場只有找到一封夏姓女子寫給李姓同學的信，內容也找不到任何引發自殺的誘因，排除為情自殘的可能性，社輔人員以及校方已經介入處理，在九二一之後，全台已經有超過兩千起以上的自殺事件，創歷年新高，社輔人員呼籲，生命可貴別輕忽，如有自殺的想法請盡速找尋精神科醫生或是社會輔導人員洽談，以免造成家人朋友的遺憾。』

這張小小的新聞剪報讓綠蒂頭皮發麻，那遙遠又模糊的記憶像是電影的拖拉畫面慢慢的放大，心跳不停的喧鬧。

「妳會不會覺得，這則新聞跟他所說的海豚故事有點關係。」

「可是，單靠這兩件事應該不能證明什麼吧。」綠蒂其實已經開始有點心虛了，那回憶漸漸都浮現在她的腦海中。

「嗯，的確單靠這兩件事情是有點不足，但就是這麼的巧，我就是那個旅社老闆娘的女兒。」

「什麼？！」

「當時我才剛從國小畢業而已，記不太起來，只記得當時有好多警察到我們旅社來，救護車以及新聞記者鬧哄哄的，不過可能是因為那兩年的自殺事件實在太多了，所以才沒什麼人知道，但是這件事情對我們家的影響還挺深遠的，我爸爸因為這件事之後就一直有想要把旅社收起來的想法，所以後來等我高中畢業就來到台北生活了，查到這個新聞剪報後，我把維特的照片拿給媽媽看，雖然記憶有點模糊，不過她能八成肯定維特就是那天在旅社裡企圖自殺的男學生。」

「怎麼會這樣……」綠蒂手肘撐在桌面捏了捏太陽穴兩側。

「所以，妳真的沒有想起什麼嗎？」

綠蒂吁了口長長的氣，她把頭轉向窗外，眼前的畫面不是中山北路七段的小斜坡，而是西子灣的夕陽和慢慢滑過眼前的大船，這已經是幾年前的事情了？綠蒂也有點想不太起來，她想像那個虛構的畫面，維特跟她分開後走去買木炭以及火種的畫面，那時候他心裡在想些什麼呢？為什麼他想要自殺？那天應該是Happy ending吧，還記得自己的初吻也在那天給了維特，與男孩結束初吻然後男孩跑去自殺，這感覺真不好受，我那天有說錯什麼做錯什麼嗎？印象中維特的心情的確是沒有很好，不過也無法感覺得到他有想自殺的動機，當然，這世界上誰有自殺的動機旁人應該都感覺不到吧。

「我想，那天我的確跟他在一起，我們去看了場電影，還去了西子灣。那封女孩的信應該就是我寫的。」綠蒂說。

「原來如我猜測的一樣……」蓓蓓嘆了口氣。「妳還記得寫些什麼內容嗎？」

「先等一下，維特到底跟妳說了些什麼，為什麼妳會猜得到？妳對我一無所知不是嗎？」

「我們都知道你們從小是青梅竹馬，一起長大的，除此之外，我們知道維特對妳似乎有種莫以名狀的情感，所以想要去一探究竟。」

「一探究竟！」綠蒂冷笑一聲。「妳的『我們』指的是在飯店裡那些女員工嗎？」

蓓蓓有點抱歉的表情點點頭。「就我認識的維特身邊的女孩們，我們有時候會一起互相討論維特的事情，因為他最近變得有點不太對勁，我們都能感覺得到。」

綠蒂突然有一種被侵犯的感覺，她們到底憑什麼討論，維特到底是誰的男友，雖然自己知道維特習慣性以大眾情人的姿態自居，可是這樣會不會太過分了，綠蒂本來平靜下來的心又燃起一股無名火。

綠蒂深呼吸一口氣。「蓓蓓，我可以叫妳蓓蓓吧？」

「當然可以。」

「好，蓓蓓，雖然我很佩服妳能夠對維特這樣用心，還把這些陳年往事抽絲剝繭的對我說，不過，妳有沒有想過對我說這些話有點過分，妳自己也是女人，難道不知道女人心就像針一樣敏感而銳利嗎，我也坦白跟妳說了，我現在覺得妳好像是來讓我難堪似的，妳說這些東西到底是有什麼目的？想要做什麼？」綠蒂的一席話彷彿矗立起拒馬。

「我……沒有什麼企圖，只是為了維特。」

「為了維特？妳會不會講得太好聽了，從頭到尾我都不曉得維特到底是誰的男友了，妳了解他，飯店裡的女員工們也了解他，喜歡他的女人們都了解他，而陪在他身邊的號稱女友的我卻一無所知，妳要表達的意思不就是這個嗎？」綠蒂把桌上的筆記本用力蓋上推回給蓓蓓。

「唉……妳別這樣。」

秋天的風撫弄著行道樹發出沙啦沙啦的聲響，咖啡廳裡不算安靜，後來又走進了兩組客人，可是在綠蒂和蓓蓓之間的空氣瞬間凝結，她們互望著彼此，已經有點聽不到身旁人們的交談聲，綠蒂心中的線繃得好緊，讓她有點喘不過氣來，百感交集，她有點不曉得該怎麼面對眼前的蓓蓓，即使她是好意告知她這些事情，但是在綠蒂看見蓓蓓的那一刻開始，她就已經無法那麼灑脫，而且也無法原諒對方了，但這樣尖銳的對待蓓蓓又讓自己感到有點不好意思。

蓓蓓深呼吸一口氣再緩緩帶著顫抖的感覺吐出來，她眼神往下降眺望著被推回來的筆記本，她雙手覆蓋在那上面，好像若有所思似的。

「為什麼不說話？」

「我……」

綠蒂靜待著。

「有些話，我不曉得要怎麼說出口，但我真的沒有惡意，沒有任何企圖，我擔心妳會覺得我就像一隻來宣示地盤主導權的動物，但我可以發誓我不是，我所做的一切，其實也沒有什麼意義，因為……唉……我不曉得該怎麼說，我怕妳又會誤解，也不確定自己能不能說得好。」

綠蒂向後靠躺也嘆了口氣。「我明白妳的意思了，事到如今，妳就說吧，或許，我們都已經沒有什麼好失去的了，不是嗎？」

「或許吧。」

兩人停頓了一下。蓓蓓將手中的熱紅茶喝了好大一口，液體從喉嚨進入發出咕嚕的聲響，雖然聽不到，但綠蒂腦袋中想像著，就像電影慢動作的鏡頭，咕嚕一聲，咖啡廳的 BGM 是 Kings of Convenience 的輕快吉他伴奏音樂，但兩人都聽不太清楚，只是既期待又有點害怕受傷的注視著對方一舉一動，好像兩個小孩盯著風暴即將來臨的灰色天空。

「如果，我說如果，有個女孩跟男孩發生了關係，我是指在一種不可抵抗的環境下，很順勢的發生了關係，醒來後男孩不記得了，女孩也不記得了，那時兩人都覺得沒有發生，而且醒來後男孩也沒有對她做出越軌的事，女孩知道男孩是有女友的，而且正處於一種莫名糾葛的情況中，雖然這女孩是期待的，但總之沒有，男孩很禮貌的對待她，後來，男孩跟她坦白了一些事情，說了一些故事，那個晚上非常美好，因為釋放了很多東西，他讓這個女孩知道從此以後自己再也離不開他了，她想要為了他付出點什麼，想了解並且找出一些難以解決的問題根源，她只想做這個動作，想陪在他的身邊，了解他身邊的全部，只是想這麼做，但過了一段時間卻發生另一件意想不到的事情……」

蓓蓓說到這裡望了一下窗外，再將頭慢慢轉回來，綠蒂的手不時抓弄著桌巾角，心情突然緊張起來。

「她發現她懷孕了……」

綠蒂的視線窗框瞬間全部被染白，大概有十秒鐘的時間她完全聽不到任何聲音，她覺得自己好像一個人被孤伶伶的拋棄到世界盡頭一樣，她身體湧起了顫抖，不過她一直告訴自己，其實這個答案並不意外，那女孩一定就是蓓蓓，男孩就是維特，這也是她長久以來一直認為會發生的事，不意外、無所謂，她再一次告訴自己，可是，無法形容的難堪心情再次襲擊而來，她感覺這就像不斷互相攻堅的女人戰爭，剛開始以為自己獲得了主導權，後來，對方射出了毀滅性的長程導彈，轟的一聲，戰爭結束了，一切都變成焦土，要認輸了嗎？可是，愛情又哪裡來的輸贏呢？如果真要說的話，其實我們都輸了，輸倒在巨大的、不可逆的名叫愛情的高牆下，全都輸了。

「我的意思不是要佔他為己有，只是不想看到他這麼痛苦，人前人後不一樣，但到目前我也找不到什麼方法讓他快樂。」

「……」

「每當我看著他發給妳好多訊息，也一直試著找妳，可是妳卻都沒有理會他的時候，我的心裡就好難過。」

「……」

「其實，他在尋找妳的過程當中，也在尋找自己，沒有妳的他是個不完全的人，因為妳佔領了他心中一片土地，他就是失去翅膀的海豚。」

「……」

綠蒂還是沉默直楞楞望著蓓蓓，好像在望著一道無法跨越的障礙似的眼神，然後她心想，自己又要跨越什麼？矛盾衝突的思緒在糾結著。

「妳……妳不要這樣看著我，我不想要威脅妳什麼的，也不是要逼妳，更不是要拿這些事來交換什麼，我不想與妳為敵，更何況在維特面前，我根本連當妳的敵人的資格都沒有，我真的只是覺得為了維特好，我應該要做些什麼，妳說的也沒錯，我的確有些企圖，可是這出發點都是為了他好……」說到這蓓蓓用手掌撫摸著下腹部，眼神也往下低垂，這時候已經沒什麼好隱瞞的了。「懷孕的事，女孩早就想清楚了，她會把小孩拿掉，這一點妳不用操心，女孩會處理得很乾淨，她不是在裝可憐讓妳同情，打從一開始女孩就沒有把小孩留下來的想法，只是希望妳懂我在說些什麼，好嗎？」

綠蒂還是說不出話，蓓蓓提起懷孕和墮胎這些事讓她胃部翻騰，她逼自己遺忘的事又漸漸浮上心頭，像醫院的婦產科手術房，冰冷的鴨嘴器碰觸到皮膚的怪異感，尖銳的針頭從手臂注入麻醉藥劑，雙腿被形狀古怪的椅子撐開露出私處，藥水味和白袍發出的嚴肅又病態的氣味，她顫抖的身體慢慢停止下來以後，一陣強烈的嘔意像血壓計的浮球從底部衝上喉頭……

「對不起……我……」

話沒說完，綠蒂摀住嘴匆忙的跑去化妝室，在跑的同時還撞到了其中一組客人的桌角，她撞開門跪在廁所地板抱住馬桶吐了，胃像正在被擰乾的毛巾一樣絞著，眼淚被逼著往外奔逃，頭也一陣一陣的暈，可是卻吐不出什麼東西，難過的心情混合著嘔意不停在體內流竄，嘔意是連續的而且單純的，而難過的心情卻是複雜得不得了，她想起當初因為課實在太多，除了工作室給的 case 還有自己私下接的，不得不在墮胎後還勉強的去教課，當時在一個激烈的腿開合動作後，下腹部突然劇烈疼痛，衝到安親班的廁所裡後發現長褲已經被血染了一大片，她沒有哭，在廁所裡自己處理善後，沒有讓任何一個人知道這件事，這是她慣有的堅強個性，可是最後出來看見那些舞蹈小女孩天真的喊她老師的時候，她還是忍不住淚崩了，那些小孩被她嚇得只能楞楞的望著她，此刻，她也哭了，而直直掉出的淚水卻不知道是為了什麼，有點不甘心、有點氣自己，甚至，她還有點同情蓓蓓，可是在同情的當下，又覺得自己很悲哀，而聽到蓓蓓懷孕這件事，她應該要更恨維特才是，這一切不都是他造成的嗎？可是她卻又沒什麼立場去恨，因為自己和維特早已沒有任何關係了啊，感情已經成為過去式了，種種複雜的情緒找不到出口，所以只能用眼淚來表達，這個時候，她只想哭，其他什麼都不想去想。

叩！叩！門被敲響。

「綠蒂！綠蒂！妳還好嗎？開門讓我進去。」蓓蓓在門外喊著。

「我沒事……」綠蒂哽咽到幾乎沒有聲音。

「讓我進去好嗎？」

「我真的沒事……」

「讓我進去！」

綠蒂拗不過蓓蓓，只好鬆開鎖，一方面她也沒有力氣掙扎了，門像無重力氣球緩緩的飄開，蓓蓓見到癱坐在地板上狼狽的綠蒂，臉龐掛著兩道明顯淚痕，眼皮呈現淡紅色，眼球也浮出血絲，兩側的長髮已經有些捲曲雜亂，她立刻蹲了下來將她緊緊的擁抱住，蓓蓓溫軟的身體散發甜甜的香氣，不知道為什麼，這使她想起那一群純真無邪的舞蹈小女孩，其中也有一個小名叫作蓓蓓的女孩吧，記不太起來了，她們穿著粉紅色的芭蕾舞衣大聲對自己喊著：綠蒂老師好……老師好……

然後，那染著血的長褲又再度浮現在腦海裡，這使她痛哭失聲，綠蒂雙手環繞在蓓蓓的腰間也緊緊擁抱住她，將頭塞入她的胸懷裡哭到發抖，蓓蓓除了輕撫她的背外，淚水也禁不住滑落下來，她也不曉得為什麼哭，一方面是因為講出這些事對綠蒂心懷愧疚，另一方面也許是想到即將要拿掉肚子裡的小孩而產生的悲傷吧，她將門輕輕再度關閉、鎖起，外面的嘈雜聲被隔絕，這個狹小的空間裡變成專屬於她們釋放悲傷的小世界。

「對不起，我真的不是要讓妳難過的，我們都在互相傷害，我錯了，我不該跟妳講這件事的，我是大笨蛋，對不起。」蓓蓓啜泣著不斷道歉，但同時也覺得好像不應該道歉，可是這個時候只能這樣了。綠蒂搖搖頭彷彿想說些什麼，但是她目前還無法把思緒理到正常的軌跡裡，現在所有畫的線全都跑亂了，就像十一月被風吹亂不停搖擺交錯的芒花，令人感到無奈又無力。

走出黃昏的街道，秋天的風依然像憂鬱的少女般不停吹拂，吸到這樣的空氣時都會覺得胸腔一陣淡淡酸楚。行人漸漸變多了，斜坡上的異國服飾店也亮起橘黃色的燈，她們並肩走著，不時有落葉在地上面滾動，兩人的身影被剛點起的路燈拉得好長，雨還是沒有下。

「妳的睫毛膏和粉底很好用，謝謝，不然我現在一定像一隻大花貓。」綠蒂有點不好意思的說。

「女人很麻煩，對吧。」

兩人在廁所哭了一陣子待情緒稍稍平復後，蓓蓓把化妝包拿出來對綠蒂微笑，也算是化解了尷尬的氣氛，綠蒂也把自己的化妝包拿出來，兩個女孩一邊互相幫忙補妝一邊大笑，好像覺得剛剛兩人抱在一起哭是件很好笑的事情。

「綠蒂，雖然很難，但我想請妳把我剛剛講的事情全都忘了吧，我跟維特會發生那種關係，我想應該都是我自己主動的，當時，維特真的很醉，我也很醉，是我自己不小心，而且，維特其實非常尊重女孩子，雖然很多女孩都很喜歡他，也不乏主動追求他的人，但就我所知道的，他從來沒有跟她們任何一個女孩子發生過關係，妳可能不相信，但我是跟維特朝夕相處的人，他身邊的女孩我也都熟，所以請妳一定要相信我，還有，我不知道妳和他發生什麼問題，而且也許我永遠都不會知道，情侶之間的問題只有兩人心中最清楚，但我還是希望請妳不要恨他，他真的很愛妳，一切就當作沒有發生過，好嗎？」

綠蒂嘆了口氣，停下腳步。「蓓蓓，我還有事情沒有跟妳坦白。」

蓓蓓也停下腳步用疑惑的表情看著她。

「其實，我和維特早就分開了。」

「什麼？！」

「我和他之間早已存在很多問題，其實兩年前就該分手了，只是一直不斷的拖延，或許是我自己還放不下吧，也或許是我和他都還沒看到真正的嚴重性，就這樣放著不管，不只是他對我有莫以名狀的情感，我對他也是。到今年為止，我已經跟他相識快十二年了，那樣情感和回憶的堆疊對我們來說是一種美好，也是一種沉重負擔和障礙，太親密、太熟悉了以至於無法再更靠近，終究只能走上疏離一途，我這樣說不知道妳了不了解？」

「不太懂……不過，為什麼妳剛剛的情緒起伏會這麼大？」

「這點我想保留，讓我保留好嗎？」

蓓蓓點頭。「好，妳說的那個……連維特也不曉得嗎？」

「是的。」

「嗯。」

「不過，雖然我們分開了，但想到妳跟維特做愛的畫面，我還是有點無法接受，我並不是聖人喔。」

「對不起……」蓓蓓低下頭。

兩人又繼續往前走，習慣穿平底鞋的綠蒂比起身旁穿高跟鞋的蓓蓓還是要將近高出半個頭，綠蒂偷偷瞥了一下蓓蓓的身形，雖然跟自己比較起來蓓蓓是稍微胖了點，不過那種胖讓人很舒服，她喜歡她那種自然散發出來的圓潤感，尤其是她那白淨如新月般的皮膚，維特在跟這個女孩做愛的時候是什麼感覺呢？她突然這麼想，不過無法想像，只要一想心裡就會不舒服，這就是所謂愛情餘留下來的東西吧，只要有這東西存在，她仍然是愛維特的，這沒什麼不好，只是不能去想，綠蒂心想，**只要身為人，這世界總有一些規則無法破解。**天空被染上了一層很深很深的藍，夕陽已經完全的沒入世界另一端，接下來就要迎接即將來臨的黑夜，綠蒂覺得自己與蓓蓓是敵是友似乎不是那麼重要了，反正以後永不再聯絡也不無可能，現在，應該是不能讓她重蹈自己覆轍才是，這與其說起來是為了蓓蓓，倒不如說是為了維特和自己更恰當些。

「其實妳不用一直說對不起，事情就是這樣發生了，沒有對與錯了，還有……」綠蒂將單肩包抓緊了些。「我想要妳答應我一件事情。」

「什麼事妳說。」

「拿掉小孩的事妳先緩緩，如果可以，我希望妳不要做這件事情。」

「這個……」蓓蓓顯得有點躊躇。

「如果妳是真心喜歡他想要跟他在一起，那就應該跟他維持正常而穩定的關係，這一點，我無法辦到，怎麼努力、怎麼試都無法，但我想妳可以。」

「我可以？可是……妳和維特……」

綠蒂搖頭。「我跟他有很根本性的問題，就像他說的會飛的海豚，妳想，會飛的海豚根本就不是海豚了，我在海裡，他在雲端，他所藏匿的我找不到，我想要的他無法給，我們就是這樣不同，但並不是說他不好，我也曾經不顧一切的愛著他呀，只是那一切都被磨損了，我的心中有些東西損傷了，再也恢復不了，所以我才選擇結束，我很抱歉一開始沒有跟妳坦白，的確我的情緒還是會隨著維特的事情起伏，可能也是女人專有的防衛心吧，但我們已經回不去了，身為女人，我想妳明白得了這點。」

蓓蓓若有所思的望著缺了幾個角的水泥磚人行道，綠蒂停頓了一下，夜不知不覺來臨了。

「聽妳說這些，其實讓我也有點混亂了，本來，我已經下定決心，想說跟妳聊完後我就要去處理這件事，知道懷孕後這兩個星期以來我好掙扎也好痛苦，幾乎每晚都失眠，唉……」蓓蓓長長的嘆口氣。

「不要做讓自己以後會後悔的事情，我希望妳先緩一下，跟他好好溝通這件事吧。」

「我好慚愧，沒想到竟然讓妳來安慰我，最不該安慰我的應該就是妳吧。」

「不……我想我們是互相安慰吧，我只是覺得……這樣說也有點怪，不過我覺得維特一定會喜歡妳，而且妳一定可以和維特擁有很特殊而穩定的關係，不知道為什麼，我就是這樣感覺。」

語畢，兩人就不再說話了。

路的盡頭是天母森林公園的入口，水銀燈排列在公園入口，附近的公寓飄出煮菜的香味，綠蒂轉過身面對蓓蓓，肩包放了下來勾在手心裡，即將離別的味道。

「我可以再抱妳一下嗎？」綠蒂說，蓓蓓有點吃驚，不過還是點了點頭。

綠蒂走向前像是看見柔軟的泰迪熊玩偶一樣雙手環抱住蓓蓓，那力道是輕柔的但絕對是真摯的，綠蒂想傳達一些東西給蓓蓓，一些她不想說的、選擇性遺忘的東西給她。

「我想，應該是因為剛剛妳抱我的時候非常、非常的用心，好像正在感受著我的痛一樣，所以我相信妳也能這樣對待維特，而維特也能感受到妳的用心。」說著說著，綠蒂又開始哽咽了。

「如果我們不是有這樣的一層關係，或許我們會是還不錯的朋友吧。」

「或許……吧。」

「可是接下來我們可能永遠不會再碰面了，對吧。」蓓蓓說。

「不會再碰面了。」綠蒂說。

「這就是愛情的模樣嗎？」

「是愛情的規則吧。」兩人同時長長的嘆了氣，從口中散出淡淡的白霧很快就被秋天的景色給吃進去了。

相擁一陣子，兩人各自有默契的放開彼此，然後連再見也不說就轉身朝反方向離去，在轉身之後，綠蒂的心裡對蓓蓓還是無法釋懷，那就像吞進魚的骨刺一樣讓人呼吸困難、全身難捱，雖然表面上希望他們兩個能夠好好走下去，但她不願意也不可能想再次見到他們兩個其中任何一個人，她真的受傷了，蓓蓓懷孕的事情還是讓綠蒂大受打擊，她想要逃離這一切，忽然間，她腦海中浮出日本的畫面，或許這是個好機會，勸蓓蓓別拿掉小孩已經是自己為維特所做的最後一件事了，接下來……是不是該讓自己和維特都真正自由了，她想寫封信給維特。

台北市・南京東路

出現第三次了……維特的 Yaris 小車停在台北小巨蛋附近的大樓底下望著馬路對面心裡這麼想。

這兩個星期以來，他一直都在跟蹤這台灰色的 RANGE ROVER 休旅車，發現星期二、四的夜裡它都會固定駛進這棟辦公大樓地下停車場。那天在景美河堤，維特記下這台車的車號以及車型交給超哥去幫他查出車主是誰，這對悠遊在黑白兩道之間的超哥來說簡直是易如反掌，超哥很快的查到這台車的來源，但也嚇了一跳，這台車是掛名在一個工程顧問公司底下。

這顧問公司超哥早有耳聞，一般人是不曉得的，只有圈內人才知道這顧問公司只是掛牌而已，實際上是在替某個黑幫組織運作洗錢這項任務，將全台灣各地所有合法或是不合法獲取的利益全都轉為公司營運所需的費用以及所得，表面虛晃著招商工程的業務，公司底下也有工廠和其他配合廠商，看起來是一間低調而且持續穩定獲利的公司，但實際上是空殼，不過為了維持正常運作，所以不管怎樣還是會像一般公司一樣，有員工、有老闆、有辦公室和打卡機甚至還有員工餐廳和健身房，只是大家都不知道真正老闆是誰，員工們所做的業務都很正常，每年也都通過政府機關的稽核。超哥花了一些時間在認識的邊緣人以及警察單位裡做查證，他是個做事不做到完美就會渾身不自在的人，因此挖出了Ben的一些事情。

「這樣做你會不會有什麼危險？」兩人在熟悉的酒吧裡聊這事情。

「放心啦，我也不是好惹的，更何況井水不犯河水，我跟那個組織沒有直接以及間接來往，所以不用擔心，他這車款是直接從歐洲進口的，全台灣不到一百台，所以用了一些關係還滿容易查到的。不過你要查的這個人物倒是不簡單喔。」超哥一派輕鬆。

「怎麼樣的不簡單法？」

「這是我在圈內的朋友說的，消息很可靠，這台車本來是組織頭目在使用，後來轉給他的兒子了，應該說是私生子，大家都叫他Ben，他有中文和日本名字，但經常換來換去所以就不可考了，Ben是頭目跟日本女人所生下來的孩子，沒有正式的名分，但聽說頭目非常的重用他，因為那日本女人跟關東地區的黑道也有關係，細節不太清楚，不過組織裡有關日本的海外業務都是交由 Ben 在處理，這組織跟日本黑道有很密切的往來，在東京也有好幾家酒店以及酒吧在經營，聽說好像都是 Ben 一手包辦。」

「是日本女人的小孩？！」維特顯得非常激動。

超哥點點頭。

「那……他結婚了嗎？」維特小心的問。

超哥搖頭。「單身。不過當然，這類的人物身旁的女人總是不間斷，沒有什麼固定對象。」

維特心口如火山一般靜待爆發。

「還有就是你也知道新政府剛上任沒多久，所謂新官上任三把火，查緝什麼都查得兇，什麼肅貪、掃黑、查賄的，搞得他們都有點七葷八素，然後，Ben 自己本身又發生了一些事件，搞得媒體都差點要介入曝光這個組織了，還好後來事件都被壓下來。」

「什麼事件？！」維特瞪大了眼。

「涉嫌暴力傷害，不過好像沒有足夠證據後來就不了了之。」

維特倒抽一口涼氣。

「所以，組織目前要再派他到日本去，時間可能會延長很久，一方面是處理在日本的相關事務，另一方面當然是暫時要避避風頭囉，我那圈內朋友的朋友算是他的私人秘書，所以對他的行程當然都滿清楚的，不過更私人的事情其實也問不太到，知道的大概就是這些囉。還有我說你幹嘛沒事要查這個人？」

「有點複雜……」

「不管多複雜，我勸你還是別去找這個人的麻煩，避遠一點吧。」超哥語重心長的說。

深夜的天空被南京東路兩排辦公大樓稜切出一條黑河，這裡沒有什麼行道樹，是十足的城市模樣，十足的整齊、十足的堅固也十足的冷漠，彷彿是為了製造冰冷以及黑暗而存在的一條大道。維特將車停妥，關上車門後就打算往那棟大樓走去，他站在斑馬線的這端左顧右盼一番，然後他瞥了一下手錶，差十分鐘就十一點了，秋已深，突然感到有點寒。維特心想為什麼 Ben 會定期出現在這裡，他來這裡幹嘛呢，開組織會議？還是跟政商的固定會晤？又或者是這裡有別的女人在呢？黑社會份子的生活到底是什麼模樣，維特無法想像。

其實自己已經知道 Ben 不是個簡單人物，打從上個月他在景美河堤附近聽到他和綠蒂的對話時就感覺到了，他將自己隱藏在附近的橋墩死角裡偷偷的聽他們談話，其實並不是故意要去偷聽，看見他們擁抱的時候很想要掉頭走掉，但怕被發現的話事情更麻煩，只好就地隱藏起來。而由於他們談話的河堤是在橋下容易造成回音，所以內容幾乎一清二楚，要不是超哥挖出的事實，維特也幾乎相信 Ben 所說的一切是真的，什麼孤兒、父母不詳、與前妻的感情、女兒莎莎等等，原來一切都是騙局，為什麼他要這樣騙綠蒂，他不敢想像如果綠蒂真的跟他去日本以後會怎麼樣，還記得當他聽完超哥的查證後，身體止不住的激動，恨不得馬上衝到 Ben 的面前跟他對質，超哥怎麼勸也沒有什麼用了。

綠燈，維特心事重重的走過馬路，在斑馬線的尾端看得見一整排騎樓，在暗夜的包裹之下路燈無法逞能，只有在柱子旁切出整齊的三角黃金邊，明顯切出光明與黑暗，相較於Ben，現在的自己又是站在哪一邊呢？維特這麼想，不到一分鐘的時間，Ben從門廳側對著他走了出來，這對維特來說是一個天大的巧合，維特趕緊趨前鑽進柱子背後的陰影裡，靜待幾秒鐘，他隔著柱子邊將視線放遠，看見Ben繼續往前走，心裡想，要開始跟蹤他了嗎？這真是一件不可思議的事，自己要跟蹤一個危險人物，維特的背上幾乎就要滲出汗來了。

Ben身著灰色西裝褲、針織毛線衫，手拿著男用長夾，似乎在想什麼事情踱步而走，維特跟在他的後面，沿著騎樓陰影處保持一定的距離，一面想著等一下開口要說什麼，一面小心翼翼的不被他發現，他的心臟激烈地跳動，好像要在體內爆炸一樣，維特突然覺得這樣的跟蹤到底有什麼意義存在？如果又再次撞見他和綠蒂相擁甚至親吻的畫面，自己還能承受得住嗎？不曉得，他只能被身體的本能性驅使著往前追逐，好像在追逐那份永遠不再回來的愛情。

走了大約兩個街口，大概到了一個小巷子交叉口時，Ben突然停下腳步，維特又再次藏進騎樓黑暗處，他發現了嗎？應該不會吧……應該不會吧，這樣的自我安慰讓維特覺得自己愚蠢得不得了，還是講清楚吧，這樣跟蹤下去要到什麼時候呢，到這邊不就是要找 Ben 來對質的嗎？他深呼吸一口氣從陰暗處翻身而出，可是，巷子口只有冷冷的燈光灑在冷冷的柏油路上，沒有 Ben 的身影。

維特心頭一縮，趕緊跑到巷子口四處張望，可是已經沒有看見 Ben 了，糟糕，不曉得是跟丟還是被發現了，幾個陌生的路人從維特身旁經過，投以冷漠和怪異的眼神，路面的車聲像魔鬼的笑聲，維特試圖讓自己冷靜，如果跟丟了倒還好，要是被發現的話，自己現在就是暴露在危險之中，早知道剛才不該馬上從黑暗中現身，有個作家說過：「**跟蹤只是個惡意的快感。**」說得沒錯，那作家是誰呢？是俄國人還是日本人？不管怎樣，Ben 應該已經感受到我的惡意了，念頭一閃，他覺得應該要趕緊折返回車上了，維特轉身，想走回原出發點，一記悶悶的撞擊聲從後腦傳出，被攻擊了！他心裡閃過這個念頭，強烈的暈眩和嘔吐感隨之而來，接著，就連短暫叫聲的時間都不給，第二擊重重的讓維特視線陷入黑暗，全身的力氣瞬間被放走了，像塊鉛球一樣墜地……

恢復知覺的時候，後腦處產生劇烈疼痛，他坐靠著冷冰冰的水泥牆，撫著疼痛的後腦左右稍微看望了一下，自己好像被移動到一條狹小的巷子裡，心中的恐懼浮現出來，巷子裡的路燈離自己還有一段距離，他看見除了自己以外還有一個巨大的身影站在他面前，燈光無法讓維特清楚看見他。

「你是誰？」男人蹲了下來，不過似乎故意躲在光線昏暗的地方，遠遠的就聞到很重的菸味。

維特沒說話，想把他再看清楚一點並且確認他是不是 Ben。

「聽著小子，先禮後兵，在我的後面口袋有一把蝴蝶刀，我實在很不想把蝴蝶刀放進你的身體裡面，它只想放進我所討厭的人的身體裡，像是那些欠債不還的笨蛋和酒鬼，這把蝴蝶刀進出了他們身體好幾次，所以，你想要當我所討厭的人嗎？」

維特搖搖頭。但到底對方有沒有看到他搖頭他不是很確定。

沉默了一陣子。「很好，那請你告訴我你是誰，還有剛剛為什麼要跟在後面。」

「你就是 Ben 嗎？」

維特聽到膠鞋的聲音，男人就像老虎一樣撲向他，並且雙手抓住他的領口硬生生拖維特起身，他感受到一股源源不絕的力量，像卡車衝撞過來的力量，他的雙腳幾乎就要離地而起。

「聽著臭小子，我他馬的問你問題，你就他馬的給我回答，再給我扯東扯西我就用刀子把你的臉刮爛，你他馬的聽懂了沒有。」男人的目光兇狠，滿臉難看的痘疤，從嘴巴裡露出糟糕透頂的牙齒，維特心想要是死在這個人手裡也太倒楣了，還有，他的確不是Ben。

「懂。」被吼這麼一下，維特倒是冷靜了下來，被毀容甚至被殺死什麼的都無所謂了，自己總在這種生命危急時刻感到平靜，無所謂，維特冷冷的看著對方。

「放開他吧。」Ben從左方黑暗中走出來。「我想他找我應該是有什麼要緊的事，不然就不會像個俗辣一樣偷偷摸摸的跟蹤我了，他身上有傢伙嗎?」Ben問痘疤男。

「沒有，找過了，連錢都沒帶。」痘疤男放下維特退進黑暗之中。

「你再不說你是誰然後找我幹嘛的話，我可是無法阻止我身後的人了喔，我們還有很多事情要忙，所以請你盡量快一點。」Ben 用磁性的聲音緩緩說道，可是那好聽的聲音卻讓維特心裡發顫。

維特摸了摸後頸。「我叫作維特，我來找你只是想問你，為什麼你要騙綠蒂。」

Ben 先是楞了幾秒後接著冷笑，他露出優越的表情上下打量了一下維特，然後朝身後的男人說了幾句話。「先到車子那邊等我，待會過去。」

是！那男人說，走的時候還不忘惡狠狠的瞪維特一眼。

「原來你就是維特，聽過你的名字很多次了。」Ben 拿出很精緻的金屬菸盒，抽出了一根點著，他敬維特一根，維特回拒。「我到底有騙綠蒂什麼，我不明白你的意思。」

「你是台灣黑幫老大與日本女人生的孩子，不是在孤兒院長大的，也不是被領養的，還有，如果我沒猜錯的話，你的女兒，以及跟前妻爭取監護權這些事情全都是捏造出來的，所以，你完全的把綠蒂蒙在鼓裡，不是嗎？」維特心裡有些後悔，因為這樣一來不就又把自己推向更危險的地方了嗎？危險人物最不喜歡人們知道事實，他偷偷瞥了一下Ben吞雲吐霧的臉龐，他無法猜測眼前這個男人心裡城府有多深，不過他目前還沒有感受到惡劣的氣息。

Ben將手拿起來揮了揮，好像表示維特說的話都是胡扯。「我想重點不是那個，重點是你到底為了什麼要跟蹤我？應該不只是為了要跑來指著我的鼻子大言不慚的批判我說謊吧？這樣也太幼稚了點，就算我對綠蒂說的都是謊言那又如何？而且，你那年輕的耳朵裡不曉得從哪裡聽到我的狗屁故事後就跑來我這邊，你知不知道有一種東西叫作證據，我不承認的話你又能怎麼樣？看看這條巷子，以前這裡曾經有黑幫火拼過，不曉得死過多少人，現在我也可以這麼做，我只要一通電話，你就有可能被蒙上眼裝進麻布袋綁個石頭丟進台灣海峽裡，喔不對，應該沒那麼簡單讓你死，或許可以給你根塑膠管把你釘進木箱埋到八里觀音山深處，讓你慢慢的死去。這樣，你有沒有搞清楚你現在所處的狀況？有嗎？」Ben很平穩的將這些話說出來，這席話讓維特心裡慢慢湧出巨大的恐懼，這比起一刀讓他死感覺更恐怖。

「我明白你的意思。」維特盡量鎮住自己微微發抖的身體。

「很好，很好，你是聰明人。」Ben 又吸了一口菸。「我等著你說話呢。」

維特覺得好像被逼到死角了，眼前的 Ben 優雅又巨大，自己根本沒有力量與之對抗，心一橫乾脆地跪了下來，這動作著實讓自己嚇一大跳，不過他還是盡量保持冷靜。

「我希望……我希望你能離開綠蒂，我跟她……我跟她已經認識十幾年了，雖然最後我們還是分開，但她一直都是一個單純的女孩，不管你要將我丟到台灣海峽還是埋到什麼觀音山，我其實都無所謂，曾經，我為了她而活下來，現在，我也可以為了她而死。你說得沒錯，我無法證明你說的都是謊話，但我只能相信你所說的都是謊話，你剛才的所作所為已經在證明了你是個狠角色，我無法看著綠蒂跟你這樣的人來往，甚至還要一起生活，我就是無法，所以我必須跟你說清楚，我真的希望你離開她，離得越遠越好。」維特用眼神逼向 Ben，心裡其實已經真的什麼都無所謂了。

Ben 搔搔頭，一副很傷腦筋的模樣。「才剛說你是聰明人，怎麼你就幹這種事，天真的以為跪下來或者是隨便犧牲生命就能夠解決得了什麼嗎，年輕人就是這樣真麻煩，你先給我起來，這不是在拍什麼狗屁八點檔，沒有人這樣做的，再說，跪在我面前的人我已經看多了，不差你一個，給我起來！」Ben 吼的這一聲讓維特感覺到自己很蠢，再跪下去好像變成一種執拗而已，就像小孩子要糖吃而在地上哭鬧的感覺，他慢慢起身，覺得身體好沉重。另一方面，跪下這動作也讓 Ben 想起自己年輕時在高雄發生的事，這小子應該真的已經豁出去了吧，他心中油然生起一點點的認同感，或許，可以跟他談談什麼，Ben 心想，他又敬維特一根菸而且逼著他抽，維特不得已只好接過菸抽了幾口。

「你真的認為這麼做，綠蒂就不會跟我去日本了嗎？」在煙霧中 Ben 的眼神很銳利，那整齊油亮的熟男髮型完美得讓維特覺得窒息，這麼說來他真的帶一點日本人的味道，維特邊抽邊觀察。

「我並沒有這麼天真，只是，現在這種狀況我無法去找綠蒂，如果在她那邊說你的壞話只會讓她對我的印象更差，所以只能選擇來找你，我當然知道也許不能改變什麼，我只是有那種無論如何一定要見你一面的感覺而已。」維特吸吐了幾口煙，帶著幾次咳嗽。

Ben走向前瞇起眼仔細的瞧著維特一陣子，維特有些不知所措，可是臉部還是保持著鎮定。

「你很聰明，不錯、不錯。」Ben看了看手錶，然後拿起手機撥號講了幾句話。「上車聊吧，我還有事要到別的地方去，趁這時間我們在車裡可以談談，這巷子讓我感覺不是很自在。」

「要把我丟到台灣海峽或者是扛去埋了嗎？」維特看著對方打電話而有點嚇到。

Ben露出皮笑肉不笑的表情。「別著急，聰明人，總有一天會輪到你的。」他將菸彈得遠遠的，偌大的休旅車好像看見暗號似的也出現了。

關上厚重的車門後，維特感覺置身在一個隨時會被殺死的空間裡，但並沒有什麼恐懼感反而很放鬆，說的也是，就連下跪求人或是被丟到台灣海峽都不怕了，還有什麼好緊張的。Ben和維特並肩坐在後座，他從座椅底下取出了一瓶波蘭雪樹伏特加和兩個單口杯，雖然從車子裡拿出這些東西還滿奇怪的，不過維特也沒有什麼異議，畢竟，現在不是他主導的場合。Ben 倒了一杯敬他，還沒有等維特喝自己就先乾掉了，他請前座也就是剛剛那個兇狠的男人播放音樂，維特仔細的聆聽——交響樂，他無法確定是巴哈還是布拉姆斯，不過比較像巴哈，他好久沒有聽交響樂了，自從發生那件事之後，總是有不好的回憶在。

「巴哈的吉格舞曲。」Ben 又倒了一杯酒。「聽交響樂嗎？」

「不怎麼聽……」維特說。

果然是巴哈。

「你該聽聽看，偶爾要接受一下來自天堂的洗禮啊。」

休旅車很平順的滑行在城市之間，隨著音樂好像要穿越到中世紀的歐洲城鎮裡一般。

「坦白說，你剛剛的舉動讓我想起當年在高雄的我，對了，你和綠蒂都是高雄人對吧？」

「是。」

Ben 嘆了口氣，又把手中的酒乾了，閉上眼讓酒慢慢燒灼到胃裡。

「怎麼不喝啊，不好喝嗎？」Ben 問。

「喔不……好，我喝。」維特把手中的液體清光，雪樹伏特加的味道果然清澈，不過他沒什麼心情品嚐。

「以前在高雄的時候曾經犯很大的錯誤，跟你剛剛的舉動也有點類似。」Ben 撫了撫臉頰上乾淨整齊的鬍碴。「那個時候愛上了一個女孩子，她真的很美，喔不，應該或許說她在一般人眼光中並不算是讓人呼吸緊張的大美女，不過她在我的眼中是無人能比的，知性、沉穩，偶爾帶著一點點瘋狂的想法，但骨子裡又是擁有傳統美德的女孩，令我著迷，或許也是因為綠蒂跟她很像而讓我有點無法自拔吧。」

Ben 用很平靜的眼神看了一下維特，像是在確認他是否還懷有敵意一般，在身旁的維特已經非常放鬆的聽他說話，絲毫看不出緊張的成分在。

「那你剛說的錯誤的地方在哪？」

「我害死了她。」Ben 捏了捏額頭喘口氣。「跟她在一起的那段時間，她不太透露她的過往，是在哪長大的，在做些什麼，交過哪些男朋友等等都輕描淡寫的帶過，只有說她目前正處在一個不能自由的環境中，等過一段時間她就想要跟我遠走高飛，我也不以為意，因為我本身的故事也是複雜得可以，只要當下快樂就好了，其他的我不在意，當然，能一起離開高雄是最好的，所以我一直期待著。後來，有一次因為爭地盤而被叫去處理仇家私人會所的時候，喔對，所謂處理就是去砸場子。然後，我遇見了她，原來，她是仇家堂主的女人，怎麼樣，聽到這裡會不會覺得我在唬你？」

「喔不會，我本身的故事也是複雜得可以。」維特說。你很有趣，Ben 說。

「後來當然砸場子這個任務沒有成功，而且我還受了傷，因為那瞬間我看見被仇家堂主從凌亂場面中帶出去的她時，我整個人都楞住了，甚至還一邊確認她是否也注意到我，可是沒有，我忘了當時還在大混戰，所以被一個小毛頭用碎酒瓶傷到肩膀，亂七八糟的，總之，後來我實在愚蠢至極，不顧自家人的反對，獨自前往仇家的碼頭，目的就是為了想把女孩帶走，當時我已經不顧一切了，甚至還當面向仇家堂主下跪，我已經亂了方寸，天真的以為勇敢就能解決一切，以為不怕死就可以將她帶走，笨……真笨……」Ben說到激動處拳頭都握到皮膚微微發白。維特繼續靜靜的聽著。

「我在碼頭邊被毒打一頓，差點喪命，幸好不曉得是誰報了警，警察出現得很及時，不然我應該隔天就變成高雄碼頭的一具浮屍了。」

「會不會是那女孩報的警……」

Ben轉頭看了維特一眼，軟弱無力的眼神，一點也不像剛剛的沉穩洗鍊，不過他並不想對此回答些什麼，像是不想去相信些什麼一樣。

「自從那一天後，女孩就消失了，我不斷瘋狂的找她，就像盲了眼卻不斷瘋狂亂奔的馬，可是一點消息都找不到，她像空氣一樣人間蒸發了，很多人跟我說她死了，我不願相信，一直到新聞報導中的斗大標題出現她的名字為止，真慘，電視畫面下面列出一排字：一具女屍被毀容後棄置在碼頭附近荒廢已久的倉庫裡，你能想像那個該死的電視畫面嗎，我也只能漸漸接受這個事實，不過那已經是兩年後的事了，是不是我害死了她，是吧。但是小子，那件事讓我了解到，死就只是單純的死了，就算死後被誇獎、被悼念或是被辱罵甚至沒人發現也好，死了還是死了，並不能改變什麼，那只是單純的一個消逝，跟勇敢一點關係也沒有。

「然而，**某些死去的人會住在活的人心中很久很久，也許會陪伴著他一起死去**，換句話說，也許我那天死在碼頭邊，也會住在她心裡很久吧，不過那是活著的人的意義，並不是死者，就算我有多後悔當年的衝動，擁有多少的傷心難過，她還是死了，像被南極冰山一樣堅硬的死，要是剛才你在巷子裡被殺死了，後來的事對你來說就沒意義了，所以說什麼可以為誰而死，根本沒有意義，你懂我說的嗎？」

「我想我大概了解。」維特心海起了一陣波浪，可能要花一些時間消化 Ben 所講的故事。

「是怎麼講到這裡來的？」Ben 又喝了一杯雪樹。

「從巴哈的吉格舞曲開始，然後，女孩死了結束。」維特說。

二少，差不多快到了喔。痘疤男轉頭說。

音響跳到下一首，拉赫曼尼諾夫的第三號鋼琴協奏曲，鋼琴獨奏像鬼魅般圍繞在整個車內，維特聽到前奏時已經全身止不住戰慄起來，為什麼這首曲子總是如影隨形。維特聽得見 Ben 一聲長長的嘆息。

「哎……這是我最愛的鋼琴曲，全世界最美的曲子，偉大的第三號鋼琴協奏曲，該結束談話了。」

「結束談話？」

維特還來不及反應，Ben 不知道從哪裡拿出來大尺寸的黑色垃圾袋嘩啦一聲把他的頭給套住，維特本能性掙扎起來，喀嚓一聲，他的額頭被一堵冰冷的金屬圓棒頂著，那瞬間，他不敢妄動，他知道那絕對不是單純的金屬圓棒，而剛剛那是滑套將子彈吃進槍管裡的聲響，子彈已經上膛，他能感覺到 Ben 的食指正壓在扳機上。一片黑暗中，汗不知不覺冒出濡染著恐懼，腦海紛飛著破碎的畫面，人在死之前腦袋裡都會重播著過往畫面，但維特覺得什麼都看不清楚，心頭上最先浮起的卻是蓓蓓，為什麼是蓓蓓呢他心想……捨不得……是一種捨不得的感覺，是了，他捨不得蓓蓓，呼吸困難，心口在隱隱作疼……眼淚幾乎就要奪眶而出……他突然不想就這樣死去。被 Ben 吆喝著下了車後，他馬上感覺是個地勢高的地方，四周一片寂靜，吹來山區涼風的味道，聽得見蟲鳴聲，路面有些不平四周漆黑，不過維特沒有心思去在意這些，那堵槍管正頂在後腦勺，維特雙手緊緊交握著。

「維特，雖然我們有些共通點，不過不管怎樣，有些話得說明白。第一，不管我剛剛說了什麼都請全部忘記，無法忘記的話，我會很樂意幫你永遠忘記。第二，我不知道你是用什麼門路，千萬千萬別再繼續跟蹤調查我了，如果再繼續下去，我無法保證接下來你和你身邊的人會發生什麼事情，你是聰明人，應該知道該怎麼做。」

維特點點頭，垃圾袋被擠壓的聲響。「最後，我可以請求一件事嗎？」

「時間不多了。」

「請你不要傷害綠蒂，還有我身邊的人。」這是將死之人最後請求，維特心裡這麼想。

Ben沒有回答，他也不必回答，他是這場戲的導演。Ben慢慢退後，維特感覺到槍口慢慢離開後腦，不過還是能感覺到那準星瞄準著自己，威脅仍然沒有解除，他無法動彈像個化石一般，心裡突然沒有像之前那樣無所謂了，黑色垃圾袋被風撥弄，呆板的發出沙啦沙啦的聲響，他不斷想起那天晚上躺在懷中的蓓蓓，覺得自己好軟弱，想什麼都不管被她保護著，已經筋疲力竭了，他能感覺到是那個跪下的動作讓心理產生變化，讓這幾個月以來與綠蒂的糾結像煙火一般爆炸開來，然後走向結束。就在他豁出生命去請求Ben的時候，亢奮的心情就已經過了，現在的他像剛打完敗仗的士兵，蹲在壕溝裡思考著人生的意義，**現在，是愛情使人變得膽小**，因為有深愛自己的人在等候，所以更無法勇敢的說離開就離開……

砰！一陣聲響劃過夜空。

維特意識突然從身體抽離幾秒鐘，眼前是一片空白光亮，全身寒毛都聳立起來……

這就是死了的感覺嗎？

視覺漸漸的恢復染成漆黑，他聽見一陣引擎的低鳴聲，巨大的物體從後方遠去，他深呼吸幾次定了定心，原來，剛剛那是關門聲，他無力的跪坐在地面上，慢慢將黑色垃圾袋取下，映入眼簾是城市角落的夜景，他四處張望了一下，後方的山路分叉成好幾條，他還不清楚這裡到底是什麼地方，感覺是離城市有一段距離的偏遠山區，不知道為什麼Ben要帶他來這裡，也許是剛好順路要去什麼秘密場所集會又不想讓維特知道地點，也許是想把維特帶到荒廢的郊區解決掉，可是因為什麼原因而沒有下手，不管怎樣，維特不想去想，他朝著下坡路走，不曉得什麼時候才能走回城市中。他邊走邊想著與綠蒂這十幾年來的分分合合，心中慢慢穩固下來，也許是因為Ben的故事可以信任，感覺自己和Ben有某些地方是類似的，或許以後Ben和綠蒂都會順利吧，那麼他所捏造的故事的因果就不是那麼重要了，自己不是也對綠蒂隱瞞了許多事實？是該到達一個終點了吧，想著想著，他想寫封信給綠蒂。

道別／綠蒂的信

給維特

好久不見，說這句話似乎有點做作，但，我還是想跟你說聲：好久不見。你過得好嗎？其實這段時間以來，我仍然牽掛著你，我想你心裡一定覺得我在安慰你，不過不是喔，我花了好久的時間才能寫這封信，才能以平靜的心來面對你。分開的這段時間（有多久呢？有半年了嗎？），每每出現我們曾經去過的地方，曾經說過的話甚至你的 Yaris 小車時，我總是會突然分心，然後思緒不曉得飄到了什麼地方去，你留在我身上的各種類似餘韻的東西真的很難清除，但是，我想看到這裡的你一定還是不相信我吧，有時候你真的完全不了解我呢（雖然我們認識這麼久）。

在你眼中的我一定是個任性妄為又難以馴服的女孩吧，的確，我真的不像你周遭那些對你服服貼貼的女孩子們，你必須承認，我們兩個有時候真的就像南北極一般遙遠。很抱歉一直都沒有回應你的簡訊或是email以及任何你嘗試聯絡我的方式，並不是我狠心，維特，在這個世界上，你可以說別人狠心但千萬別說我狠心，我對你的感情一直都很溫熱，而是我真的無法再與你接觸了，那會又是一個痛苦的輪迴（真的，請你也務必承認）。

寫到這，不曉得你還記不記得我們第一次看的電影？本來以為完全忘記了，可是最近又一直突然想起來，因為我想起了那種感覺，電影一開始所播放的字幕：「她一直羞低著頭，給他一個接近的機會，他沒有勇氣接近，她掉轉身……走了。」不知道為什麼，你給我的感覺就跟這句話一模一樣（當然，也是現在領悟到），我一直在給你接近的機會，可是，你就好像被一股淡淡的透明氣團包裹著，在那裡面你想著我所不知道的事情，完全不曉得我的無力感。後來，在大學時你突然出現在我的面前，你不知道我有多麼興奮，可是你卻還是進退維谷，其實對於我們之間的斷層我並不是非常在意，我知道你那段時間一定有發生什麼事，但，那不是重點呀，重點是你來了，所以，我才會不顧一切離開學長跑來找你，可是，在我面前的你還是顯得猶豫，我們之間的關係好像是賭博一樣，充滿著許多可能性，所以根本無法從起點走到終點，但是，我認為穩定的兩人關係必須要有一種絕對的東西，不能說任何理由也沒有藉口的東西，這樣才有辦法走得下去，所以我選擇離開了，請相信，這是為了我們兩個好，請相信，我也痛苦萬分。

說了這麼多，我還是得進入主題，也許明年初我就會離開台灣去日本生活一陣子，我想，這也許是個好機會讓我們冷靜的思考一下未來的路該怎麼走，我和你已經拖了十幾年，我想，我們最好的關係應該就是要維持在讓彼此自由吧，然後，請你珍惜你該珍惜的人事物，一定有人默默在角落守候著而你卻完全不曉得吧。

維特維特……最後一次這樣叫你，請相信我也捨不得，可是還是要說再見。再見。

願你一切都好！

綠蒂

面對維特的信

Dear 綠蒂

收到妳的信我很訝異，因為，我剛好在想該如何寫封信給妳，信的內容該用怎樣的文體才不會太突兀、太激情、太偏頗，正在苦惱中的時候就收到妳的信了。我的文筆並不是很好，學生時裝模作樣的朗讀比賽或是作文比賽並不代表我就能寫出好的文章，雖然以前在學校常常得獎，但那些都是體制下的東西，在我感覺，得獎或是得到高分只是像在監獄裡拿到香菸和花花公子雜誌的囚犯一樣，那種喜悅只是悲哀的勝利而已，哎呀，妳看，我又越寫越偏了，抱歉。

總之，就在我把妳的信讀了將近二十遍以後，終於有點信心可以開始寫信了。我想我是自私的，一直以來都用自己所認為的愛情在愛著妳，不太在乎妳的感受，又或者是因為太在乎了所以總是裹足不前而造成不在乎的現象，我想後者比較像我的心情，因此我漸漸能明白妳所謂南北極的差別了。分開這段時間內雖然我一直找妳，但其實如果妳真正給我回應的話，我可能也會不曉得該跟妳說些什麼吧，我是個矛盾至極的人。妳的信很打動我，也讓我很慚愧，妳說得很對，不只是我們的關係，更像我自己的人生，我和妳就像龜兔賽跑一樣，我是兔子，雖然跑得很快，但眼前有許多條路都有可能是捷徑，所以我到處亂竄，也許我享受到很多路上不同的風景，但我永遠到達不了終點，也無法體會妳在路上努力爬著最後到達終點的喜悅。這就是我，失敗的人生。關於那部電影我不是很記得了，但我永遠記得妳偷偷塞給我的信（雖然那已經弄丟了），後來我每次遇到挫折或者又被這個無趣失敗的人生給吞噬時，我都會想想那信的內容，『你的存在就像把月光從大海裡撈起來帶回家一樣，不管這世界夜晚是否從此失去光亮，你永遠是我的珍藏』，現在寫這句話的同時，我已經快要哭了，妳可能無法感受這句話對我的重要性，也許是因為我總是沒有表現出來，但我想我會帶著這句話走進棺材裡吧。

我們爭吵最激烈的那次，在東京還記得嗎，妳一定恨透我了吧，說實在的，那當下我真的也很生氣，妳真是一個動不動甩頭就走、任性又嬌縱的女孩呀，但是，如果沒有這樣的妳，我們又怎麼會在一起呢？我想我一直沒有想清楚這點，我常讓妳失望、讓妳傷心、讓妳一人嘗受寂寞，有很多事情我不太記得了，有人說，分手後男人總是記得甜蜜的事情，女人總是記得被傷害的事情，不管怎麼樣，我希望妳不要否定我對妳的愛，那樣的愛或許太猶豫、或許搖擺不定，但那是一種可以犧牲一切（甚至生命）的愛，這麼說可能有點矯情，不過請妳要相信，我也相信妳的捨不得、妳的掙扎，我不會覺得妳狠心或冷漠，妳只是比我更早一步看到問題點而已，雖然我現在也還無法看得透全部，我會永遠記得在西子灣的那個吻，那是我們最單純無雜質的時刻，也是我人生中最美的時刻。雖然我很想在妳去日本之前見妳一面，不過我也不確定妳是否想見我，或許，很久以後我們會再相遇吧，我這麼感覺。

寫到這詞窮了，我會聽妳話去珍惜一些人事物，這也是分開後才讓我學到的東西，總之，也該說再見了。再見。

也祝妳一切順利。我也非常捨不得。

維特

二〇一二年／小雪

高雄・中央公園

掛上電話，維特從偌大的中央公園捷運站出口走出，兩旁高聳的向日葵藝術裝置坡圍繞著簡直就像通往天堂的階梯，雙排手扶梯中間的流水坡梯發出像瀑布般壯觀的聲響，迎風就能感覺到陣陣清涼的水氣。近幾年的高雄由於捷運開通以及舉辦國際運動會而讓人耳目一新，就連捷運站都能入圍世界排行榜，維特有點不太認識高雄了，他深呼吸一口氣在向日葵花的簇擁之下走出站內，公園被整治得又寬敞又美麗，但心中與綠蒂的某部分回憶也隨著一些景物的消失而不復存在，他勾起淡淡的微笑慢慢走出公園，他要去的地方是在中央公園站附近自己所投資的爵士咖啡店裡，兩年前，他來到位於五福三路的圓環附近一棟老舊建築物時，不曉得為什麼就有了開店的念頭。

這家店向外望可以看見川流不息的五福路圓環以及城市光廊，是他心目中開店的最佳地點，畢竟那是自己的美好回憶。但是，由於附近的發展成功店租翻漲了好幾倍，初期處理得很辛苦，快要放棄時還好有超哥的財力支持以及他自己的努力才能撐得過去，維特在開店方面很有才能以及創意，一部分是經營天賦，一部分原因則是他長期在台北的酒吧和飯店裡工作的經驗，大部分的專業知識已經耳濡目染，該提供什麼咖啡、酒品以及餐點，室內該怎麼裝潢，設定顧客階層或是簡單的市場調查和宣傳，都已經有初步的構想了。然而跟其他家咖啡店關鍵性的不同就在於還有高明樂手的演奏，維特在台北認識的許多爵士樂手都同意不定期或是定期來他的咖啡店做演出，再加上超哥認識的飯店大廚也會固定時間來中央廚房做指導，不到兩年的時間咖啡店成功的經營起來，來客人數不斷增加，甚至受到媒體的採訪報導，雖然談不上致富，不過生活倒也是變得十分順遂，財務穩定之後維特就回到高雄定居了。

維特處理了些日常事務以及跟熟客聊聊天後就走出店內，他看了看手錶，離約定的時間還有一段距離，他決定在圓環的人行道上漫步一下。他走到城市光廊入口處佇足停留，雙手插著口袋閉上眼感受微風，雖然已經十二月，但現在高雄的秋天才即將要結束，下午時分，高高的澄澈天空撲上了些微香草色，在那上面幾乎一朵雲也沒有，並不感到寒冷，風吹過來時還會誤認為是夏天山區沁涼的風，周遭一些年輕人在玩滑板，其他大部分的人都在騎腳踏車，他靜靜的回想一些事情。

叭！叭！馬路上響了兩次喇叭聲，維特不以為意，準備再沿著圓環往前走，但喇叭聲又再次響起，他朝左側望去，是一台白色的Volvo，大概是新車，所以在天空光線的照射下閃閃發亮，維特稍微壓低身子朝車內望去，車內的女子戴著大大的墨鏡舉手跟他打了招呼，維特一臉疑惑，她將車停在馬路邊打起雙黃燈然後下了車，她的身形體態纖細，髮長及背，燙了一個大波浪捲，身著粉色的針織罩衫，還有流行的鉛筆彈性褲，腳踩著帆船鞋，看起來有些慵懶貴氣，她輕輕把墨鏡拿下，維特一時之間還認不太出來她是誰，綠蒂心裡覺得又氣又好笑，她決定第一句話不是『還記得我嗎？』而是……

「帥哥，去哪？要搭個便車嗎？」

車子內的音響播放著 Georgia on my mind，維特用不可置信的模樣看著綠蒂開車，兩人之間還沒有講到半句話，綠蒂不停摀著嘴笑，她覺得維特驚訝的表情好傻。

「請問先生要去哪裡？」

「妳是綠蒂？妳真的變了好多喔，妳看看妳的眼線、眼影、睫毛，還有……那香水味……我的天。」維特持續驚訝。

「你再不說要去哪的話，我要把你踢下車了喔。」

維特笑了笑。「不過妳真的變得很漂亮。」

「對啦，以前都醜得像豬一樣，跟我在一起還真委屈你了唷。」綠蒂把墨鏡又戴上嘟著嘴說。

「我說錯話，掌嘴掌嘴。」

「這都是彩妝師的功勞啦，中午剛試完妝，沒卸妝就跑出來晃了。」

「妳不用化妝就很美了啊。」

「來不及了喔，維特先生。」

兩人最後決定去西子灣，維特拿起手機撥號。

「我有事跟朋友要去西子灣一趟，妳處理好了嗎？……嗯，好，那妳就不用到咖啡店載我了，妳結束後大概六點對吧……嗯，那直接就到西子灣那邊接我，妳那邊離西子灣不遠吧？……嗯，那就好，開車小心，拜拜。」

「女朋友嗎？」

「嗯……我太太。」

「恭喜你啊。」綠蒂止不住心裡一陣抽動。

「妳也結婚了吧？手上的戒指很美啊。」

綠蒂把手從方向盤移開在面前端詳了一下。

「你發現了呀。」綠蒂有點害羞。「其實彩妝師就是我的未婚夫，下星期就要結婚了。他工作忙，我開著他的車出來四處繞繞，好久沒回來高雄了。」

「那恭喜妳啊，所以妳以後也會在高雄定居嗎？」維特心裡浮起淡淡酸楚，他交握的雙手捏緊了一會兒。

「不一定，其實去哪裡都好，只好兩個人有共識就好。只是沒想到會遇見你，真巧。」

「是啊，真巧。」維特回應。

Georgia on my mind 這首歌環繞在車裡，兩人的心中都懷有許多問題，但又覺得不應該問而沉默著，為什麼綠蒂的未婚夫是彩妝師？她難道沒有跟 Ben 去日本嗎？蓓蓓怎麼了呢？最後有跟維特在一起嗎？為什麼維特不在台北而在高雄？綠蒂的白色 Volvo 從一些舊倉庫改建而成的駁二藝術特區穿過繼續往西子灣前進，附近可以看到許多三角倉庫搭配碼頭的景象出現，維特想像十幾年前 Ben 是不是就在這裡跟黑幫老大下跪然後被凌虐呢？不過當然他沒有證據證明，景色已經跟自己小時候的印象差別很大，這裡的碼頭變得像觀光碼頭，許多遊客在碼頭邊喝咖啡休息，不再是小時候那種烏漆抹黑只有許多像魔王城堡一般巨大的船停靠的碼頭，Ben 的事件已經在他心中成為永遠的秘密。

綠蒂把車停妥在西子灣風景區附近然後走下車，這裡的變動也相當大，大片用木板建構而成的平台從岸邊往海裡延伸，遠方那些人們拿著相機四處拍攝，小孩在平台上騎腳踏車，一隻毛色漂亮的黃金獵犬在追著主人丟出的彩虹皮球，要是以前的話，他們都已經落入海中了。

「這裡變得好多呀，以前沒有這個平台的。」維特說，他稍微整理了一下頭髮，發現綠蒂偷偷的看著他，他也望向綠蒂，但是她馬上轉頭繼續往前走。

「我也是這個平台建造好後第一次來到這裡。」綠蒂說。

兩人並肩漫步往海中央走去，酒紅色的夕陽離海平線不遠處像個害羞少女的腮紅，好像馬上就想躲進海裡一樣，而落下的光線全都被海反射成一條金色小徑延伸到他們的腳邊，海風有些強，維特也偷偷瞥向綠蒂，她將墨鏡拿下來雙手緊抓著罩衫往心臟靠攏，海風一拂動，她的髮就像移動快速的雲朵一般有層次的起伏，看著她的側臉嗅著飄過來的陣陣香味，維特不禁深呼吸一口氣，他將自己的薄西裝外套脫下，用雙手慢慢的把外套覆蓋在綠蒂身上。

「謝謝，你什麼時候變得這麼體貼？」

「在妳變漂亮的時候吧。」

「你真的很討厭欸。」綠蒂輕輕的笑起來。

「什麼時候從日本回來的呢？」維特問。
綠蒂猶豫了一下。「嗯，後來沒有去了，計畫有改變。」
「是嗎。」維特沒有再繼續問下去，本來也沒打算把所有事情全盤托出，還是變成秘密的好，或許已經不是秘密，而是遺忘了。
綠蒂腦海裡浮現許多畫面，記憶最深刻的還是Ben在某個夜晚傳了封簡訊跟她說發生了大事情，他必須到國外生活，可能是日本或者是泰國，總之必須消失一段時間，就這樣一個簡單的訊息，Ben從此消失在她的生命中，簡直感覺像是受到詐騙一般，雖然自己沒有失去些什麼，不過她還是難過了一段時間，但是沒有Ben的離去，自己也不會認識現在的未婚夫，也算是塞翁失馬吧，決定嫁給他的時候其實心裡很平靜，想想自己和未婚夫之間雖然沒有什麼激情，但是默契十足而且心意互通，兩個人好像是自然而然的走在一起了，未婚夫並沒有給她什麼浪漫感動的求婚，他們只是一覺醒來，兩人一起在麥當勞吃早餐時，未婚夫一面喝著冰咖啡然後說：我們結婚吧，綠蒂點點頭回答好啊，然後兩人又繼續吃著早餐，吃完後就各自去上班了，想到這，綠蒂不禁莞爾一笑，每每想到自己與未婚夫的相處，她都會覺得開心。

「喂，維特，結婚，是一件什麼樣的事情呢？請你這個前輩告訴我這個晚輩一下吧，好驚訝，沒想到你會比我更早結婚呢。」

「嗯……我也不曉得。」維特趴在欄杆上。「我其實沒有認真想過結婚這回事，這幾年都很忙碌，結婚也是匆匆忙忙的，還記得當時在宴客後，晚上我還到咖啡店去處理事情呢，幸好我太太很幫我，咖啡店會經營得起來，她佔了相當大的功勞。」

「這樣很好啊，不過是什麼咖啡店呀？」

「喔，忘了跟妳說，我回到高雄是因為在五福圓環那邊開了間爵士咖啡館。」

「是嗎？店名是什麼？我改天去光顧一下。」

「Dolphin。」

「什麼？！原來 Dophin 是你開的，這家店滿有名氣的耶。」

「還行囉。」

綠蒂看著維特望向遠方的側臉，心裡很激動，那是一種感動和震撼所混合出來的情緒，原來這個字在維特心中留存這麼久，她想起那晚在大屯山上所說的話所看到的夜景……想起蓓蓓說的海豚故事還有那天流的眼淚……眼眶已經被刺酸了，在還沒掉下淚之前她轉向海面，這時的夕陽已經快要跟大海親吻了，她雙手緊抓著欄杆抿著下唇，深深吸了幾口氣，維特注意到她的情緒起伏，心裡大概知道綠蒂想到什麼了，不過他會取這個名字同時也是因為那天晚上跟蓓蓓說的故事，他覺得有必要紀念，當然，綠蒂應該不曉得這個故事，他心想這樣也好，他伸出手放在綠蒂的肩頭上揉了揉，綠蒂感受到維特手掌傳過來的溫度，她也將手放在維特的手背上。

「謝謝。」綠蒂說。

「謝謝。」維特也說。

這兩句謝謝都包含了許多意義，但那些意義不用再被提起，所有的一切都像吹入海裡的風，無影無形的消逝。兩人望著海面一段時間，維特的太太已經來到附近了，過來吧我介紹朋友給妳認識，維特說。兩個人一起向後轉等待了一會兒，綠蒂心裡揪緊了些，平台上出現了一名嬌小的女子，身旁牽著一個走路搖搖晃晃的小女娃，她的頭髮剪得很短，臉龐散發溫柔的氣息，不斷投以關愛的眼神在她身上，而小小的她綁著兩撮丫鬟髮髻很認真望著地面走路，有時候會跌跤，但媽媽不急著將她拉起，而是她自己努力的爬起來，綠蒂已經清楚看見她了，蓓蓓走到他們兩人的前方瞪大了眼楞住，維特走向蓓蓓將身旁的小孩抱起來然後再和蓓蓓一起走到綠蒂身旁。

「這是我太太，她是蓓蓓，這是綠蒂。」維特介紹著說。

綠蒂已經掉下眼淚，她馬上把眼淚拭去。

「妳好。」蓓蓓的眼眶也打轉著光亮。

維特見兩人情緒有點激動而感到納悶。「……妳們認識嗎？」

兩個女人都說好了似的搖頭。綠蒂趕緊轉向維特懷裡的小女孩。

「叫什麼名字呀，幾歲了？」

「她叫芽芽，兩歲了喔，來，快點叫綠蒂阿姨啊。」蓓蓓說。

「綠蒂……阿姨。」芽芽天真的眼神像是要直接穿入綠蒂心底。

「我……可以抱一下嗎？」

維特將芽芽慢慢接給綠蒂。

「妳好可愛，像個小公主似的。」綠蒂說，懷裡的芽芽散發出溫熱感讓她的鼻頭已經微微的紅了，心中的酸楚不斷湧上來，眼淚一直要向外逼出，她的確有遺傳到維特，有一雙漂亮的眼睛，微翹的嘴唇，笑起來的時候相當可愛。

蓓蓓見狀趕緊走到維特和綠蒂的中間，左手勾著維特，右手環抱著綠蒂。

「發生了什麼事嗎？」維特問。

「沒事的，沒事的，我第一次抱小孩不也是哭得唏哩嘩啦嗎，你不懂，這個叫偉大的母性。」蓓蓓示意維特別再問下去。

謝謝。綠蒂用氣音向蓓蓓道謝。

此時，芽芽手指著海面大喊。「啊……啊……那個……」

三個人也都朝向她小手指的方向，此時夕陽已經完全沉進海中，天空呈現無法言喻的玫瑰色，海風一陣一陣的吹送過來，西子灣的海像親人溫柔的懷抱，在遠方有幾道彎彎的影子從皺褶的海面中不斷躍起、落下、躍起、落下……由於太遠了，那個到底是什麼，沒有人知道，在近海處不可能看見海豚的，他們靜靜的看著那畫面並且像是釋放般的沉默不語，他們心中都相信，不管看見了什麼，他們都已經看見了遠方幸福的模樣。

The End

後記

寫完KAI三部曲過後，我認為文字裡的激情已經被推升到最高峰，但是所得到的回響卻不怎麼熱切，坦白說，有一陣子我不曉得接下來的路該怎麼走，是要繼續堅守自己的風格，還是去找尋能夠迎合大眾喜好的故事和文體？我沒有答案，所以遲遲無法落筆，開始寫的時候總是寫了又刪，刪完又改，前前後後文章被自己摧殘得七零八落，這樣下去不行，於是我逼自己把電腦關掉，開始聽歌、讀小說、旅行，但好像並沒有發生很大的效用，靈感與現實考量在互相拔河，然而就在某個夜晚，音響裡播放著Mr. Children的Hero，那是從學生時代我就很喜歡的歌曲，只是一直不曉得歌詞的內容，於是我上網查了一下，請容我把歌詞寫在這裡：

若說要用某人的生命作為拯救世界的代價，我只會做個等待別人出聲的平凡男人，因為那些許多深愛的人，讓我變成了一個怯懦的膽小鬼……我從未曾想過成為別人憧憬的榜樣，可是我仍想做個 Hero，只活在我唯一的妳眼裡，即使在我要跌倒時，希望妳也要溫柔的伸出手。

我哭了，那天晚上我不斷重複聽著這首歌掉著莫名其妙的淚。我捫心自問，對於所深愛的人，我們願意付出什麼呢？我們都想要成為大家憧憬的模樣，不過更重要的是，那個活在深愛的、唯一的人眼中的自己，我也想要當那樣的 Hero，在對方不知情的狀況下，為了對方默默付出的那種 Hero，於是，我把之前寫的全刪了，然後用寫最後一本的心情寫下了這個故事，寫完後，自己被這個故事給深深打動，我不是那個大家都崇敬的對象，但我想在唯一的、深愛的你們眼中當個 Hero，把這個故事獻給你們。

KAI

All about Love ／ 17

擁抱寂寞的戀人們

國家圖書館出版品預行編目資料
擁抱寂寞的戀人們 ／ KAI 著.
— 初版. — 臺北市 ： 春天出版國際, 2013.04
面； 公分. —（All about Love ；17）
ISBN 978-986-6000-61-4（平裝）
857.7

ISBN 978-986-6000-61-4
Printed in Taiwan

作　者　KAI
封面設計　克里斯
內頁編排　三石設計
總編輯　莊宜勳
企劃主編　鍾靈
責任編輯　黃郁潔

出版者　春天出版國際文化有限公司
地　址　台北市信義區信義路四段458號3樓
電　話　02-7718-0898
傳　真　02-7718-2388
E－mail　frank.spring@msa.hinet.net
網　址　http://www.bookspring.com.tw
部落格　http://blog.pixnet.net/bookspring
郵政帳號　19705538
戶　名　春天出版國際文化有限公司
法律顧問　蕭顯忠律師事務所
出版日期　二〇一三年四月初版一刷
定　價　180元

總經銷　楨德圖書事業有限公司
地　址　新北市新店區復興路45號3樓
電　話　02-2219-2839
傳　真　02-8667-2510

17

All about Love

17

All about Love